反射的に力が入りそうになる前に、一気に奥まで貫かれた。「あ――っ」
高く尾を引く声が、切なげに震える。

(本文より抜粋)

DARIA BUNKO

婚約者は俺様生徒会長!?

若月京子

illustration※明神 翼

イラストレーション✳明神 翼

CONTENTS

婚約者は俺様生徒会長!?

★
★
★

山の中腹にある、全寮制男子校。金持ちの子息が通うことで有名なこの名門校は、中等部から全寮制となる。

名目上は団体生活と社交性を身につけるためとされているが、本当はおかしな遊びを覚えさせないためだ。夜遊びやドラッグから遠ざけるだけでなく、金持ちと見て群がる女性たちを近づけないという意味合いも大きい。

彼らの未来はある程度決められている。今現在婚約者がいないからといって、自由に相手を選んで結婚できるわけではない。

――釣り合いの取れた結婚を。

――互いにメリットのある相手を。

そう簡単には抜け出せない山の中の寮で、周りは幼等部の頃から見知った顔ばかり。家の格や資産、親同士の付き合いなどを理解し、自分がこの狭い関係の中でどういうポジションにいるのか嫌でも意識せずにはいられない。

それでも生徒はそれなりに高校生活を楽しんではいたが、ここでの失敗は自分だけのことではすまない。家にまで及ぶ可能性があるのである。だから失敗してはいけないという思いが根底にある、窮屈なものでもあった。

中神八尋《なかがみやひろ》は現在、高校二年生。中学に当たる三年間はアメリカで育ち、高校になってまた日本に戻ってからの入学だった。

一貫教育ならではの利点を生かし、全国的に見ても非常に学力レベルが高くなっているため、外部から入学してくる生徒は珍しい。

当然八尋は初めのうち注目の的だったが、その容姿からすぐに興味は逸れていった。

癖のない真っ黒な前髪が目を覆いつくし、おまけに黒縁のゴツイ眼鏡。鼻や頬には派手にソバカスが散っていて、この高校で尊ばれる「格好いい」「可愛い」「美しい」といった要素からはほど遠かった。

おまけに八尋自身もまったく愛想がなく、生徒たちの輪の中に加わろうとしなかったため、あっという間にクラスメートたちも無関心となる。

そんなわけで八尋は編入してからの一年間は生徒たちの中に埋没し、平穏な日常を送っていたのである。


夏休みをアメリカで両親たちと過ごし、迎えた秋。珍しくも週末に、母親から呼び出しがあった。

外泊届けは出してあるから、出てきなさいと言う。ホテルで食事をするから、ラフすぎない格好でという注釈つきだった。

八尋はきちんとしたシャツにパンツ、それにジャケットを羽織って寮を出る。

母が寄越した迎えの車の中で、八尋は長くて鬱陶しい前髪をかき上げ、眼鏡を外して用意された布で顔を拭く。

「ふうっ……」

茶色のメイク用ペンシルで書かれたソバカスは消えてなくなり、現れたのは黒い髪、黒い瞳の人形のような美しさを持った少年だった。

前髪で隠されていた目は綺麗なアーモンド型で、濡れたように潤んでいる。左目の下には泣きボクロがあり、小さなこれが八尋に妙な艶を与えていた。

高すぎず低すぎず形のいい鼻の下には、ピンク色に艶めく唇がある。

本人には非常に迷惑な話だが、まだそこかしこにあどけなさを残す八尋は、どうにも人の欲情を煽る容姿をしていた。

ほとんど変装に近いこの格好はアメリカにいたときからなので、年期が入っている。とにかく男受け、外国人受けする容姿をしている八尋は、次から次へと猛アタックされるのに辟易《へきえき》して前髪を長く伸ばし、必要もないのに不格好な眼鏡をかけるということを始めた。

「大和撫子って、なんだ。ボクは男だっての。意味もよく分からんくせに、使うんじゃない。能天気なアメリカンめ。東洋の真珠なんて言葉は女に言ってやれっての」

　この変装をするようにしてから、とりあえずアタックしてくる男は少なくなった。たまに、何かの拍子に垣間見た素顔に惚れる男がいるくらいだ。

　その代わり、「不細工なチビ」とか、「野暮ったいジャパニーズ」と嘲られることはあったが、八尋は自分に害のある人間はやり込める主義なので、面と向かって嘲笑してきた相手に対しては得意の舌戦でへこましていた。

　この高校に入学してからもそれは同じである。中学からずっと男ばっかりの全寮制、きっとアメリカにいたときより危険は大きいに違いないと思っていたら、あまりにも予想どおりだったからちょっと笑えた。

　教師から事務員に至るまで異性は一人も存在しないため、必然的に思春期の興味は同性へと注がれる。ここでは見事に同性愛がスタンダードになっていた。

　結局、日本に帰ってもこの鬱陶しい格好をやめることはできず、八尋は友達作りを諦めてひっそりとした寮生活を送っているのだった。

　男に襲われるかもしれない危険と闘うより、不細工な眼鏡っ子として周囲に無視されるほうがずっと楽だ。いかにも暗そうな外見といい、苛められる要素はたっぷりでも、実際には苛められていない。学年で常に五位以内に入っている八尋の成績は、八尋を嘲笑する生徒たちへの牽制になっている。

それに前髪の長さに加え、キューティクルが輝く妙に艶々している黒髪が外見の不気味さに拍車をかけるらしい。迂闊《うかつ》なことをすると呪われそうだと思われているようで、わざわざちょっかいを出してくる生徒はいなかった。

おかげで無視はされてもイジメはないのだから、八尋にとっては平穏そのものに思える高校生活である。

車は延々山道を走り続け、八尋は靴を脱いで後部座席で寝に入る。

着きましたよと起こされたときは、完全に熟睡モードだった。

「んー……上野《うえの》さん、寝癖ついてない？」

小さい頃から中神家の専属運転手をしている上野は八尋にとって馴れ親しんだ相手で、だからこそ安心して眠れるし口調も甘えたものになる。

すでに壮年へと突入している上野は、クスクス笑いながら言う。

「大丈夫ですよ。いつもどおり、とても可愛らしいです」

「……嬉しくない」

「奥様は、最上階にあるフレンチレストランでお待ちになられてます」

「分かった～。じゃあ、行ってきます」

「いってらっしゃいませ」

両親はとても忙しいし、街まで行くのも面倒だから、こういう賑やかな場所に来るのはとても久しぶりだ。

八尋は服に皺ができていないか確かめ、ホテルに入っていった。

エレベーターはどこだろうと見回していると、すぐにホテルマンが飛んでくる。

場所を聞くと快く案内してもらえ、にっこり笑って礼を言えば顔が赤くなって八尋の顔に見惚れる。

（……やっぱり、日本の男も要注意）

一人になったエレベーターの中で、八尋はふうっと溜め息を漏らした。

最上階に着いたので降りると、店は捜すまでもなく目につくところにあった。入口で名前を言うと、個室へと案内される。

ランチには遅めだが、ただ食事をするのにわざわざ個室を取るのは珍しい。

不思議に思った八尋だが、中に足を一歩踏み入れ、驚きの声を上げる。

「ゲッ！　ヤリチン会長!?」

中には、母の他に三人いた。母と大して年齢の変わらなさそうな夫婦らしき、やけに顔の整った男女と、八尋がいる高校の生徒会長である。

「あら、いやだ。帝人《ていと》ったら、そんなふうに言われているの？」

かなり失礼な発言にもかかわらず怒ることなく、コロコロと笑いながらそんなことを言う女性に、生徒会長である鷹司帝人《たかつかさ》が目を吊り上げて怒鳴る。

「言われてねぇ！　なんだ、お前は。よく俺様に向かってそんなことが言えるな」

「事実ですから。この手の呼称は本人の耳には届きにくいものですが、陰では実際に言われていますよ」

「……マジでか？」

「はい」

きっぱりと頷《うなず》く八尋に、帝人は舌打ちをする。

「チクショウ。どこのどいつだ、そんなこと言いやがるやつは」

「一部の、ホモだらけの状況にうんざりしている常識的な生徒たちです。外界から隔離して息子たちを守っているつもりなんでしょうが、おかげで校内ではホモが大繁殖。個人の自由だから四の五の言いたくありませんが、だからといっておおっぴらに盛るのはいかがなものでしょう？　生徒会室や視聴覚室はラブホテルではないはずですが」

「……なぜ知っている」

「有名ですよ。生徒会の仕事をろくにしないで、ところかまわず盛っていると。顔と家柄の人気投票でなった生徒会長だから、仕方ないのかもしれませんけどね」

「お前、顔のわりに毒舌だな」

呆れたように言う帝人に、八尋は硬い表情を崩さない。

「事実を事実として言っているだけなのに、毒舌なんて言われたくありません。毒舌に聞こえるのは、あなたの素行に問題があるからだと思いますよ」

「いや、充分毒舌だろ。俺様相手にそんなこと言うやついないぞ」

「それは、会長があの高校で特別視されているからでしょう。顔と家柄があれだけ重視される高校って、珍しいと思いますけど。普通、人気投票で生徒会役員を決めますかね？　一年で生徒会長って、変でしょう？」

「……お前、うちの高校なのか？」

「そうですよ」

「おかしいだろ？　お前みたいな綺麗な顔をしたやつがいたら、俺が知らないはずない」

「うわっ、最悪。さすがヤリチン会長の発言」

「それ、やめろ」

「ヤリチン会長？」

「その顔で、ヤリチンなんて聞きたくないっての。せっかく綺麗な顔してるんだから、可愛くしてろ」

「あなた相手に可愛くするつもりは毛頭ありません」

フンッと鼻息も荒く言いきる八尋に、それまで黙って見ていた八尋の母が、クスクスと笑いながら言う。

「話が弾んでいるところ悪いのだけれど、八尋、とにかくお座りなさいな。そこで立っていられると落ち着かないわ」

「弾んでない」

しっかりと否定しながら、八尋はしぶしぶ母の隣に座る。

目の前には生徒会長の鷹司帝人。見ていたい顔ではないので視線を逸らすと、帝人の隣に座っていた女性と視線が合った。

「こんにちは。もしかして、会長のお母様ですか？」

「ええ、そうよ。こんにちは。息子がヤリチン会長なんて言われているなんてねぇ。素行に問題があるのは知っていたけど、恥ずかしい限りだわ、本当に」

「あの、おかしな高校の弊害ですよ。中学から外界と切り離して生活させるなんて、間違ってます。おまけに、家同士の妙なしがらみもあるし。恐ろしく窮屈な場所ですよ、あそこは」

「その中で、うちの息子は伸び伸び伸びしすぎて……。複数の男の子たちと、節操なく関係を結んでいると聞いたときの親の気持ちが分かるかしら？　最悪としか表現のしようがないのよ、本当に」

「はぁ…お察しします。……ところで、これってどういう集まりなんでしょう？　母から、鷹司さんのお名前を聞いた覚えはないのですが」

「あら、そうなの？」

「はい」

説明を求めるように母のほうを見ると、母は微笑みながら言う。

「前々から親しくお付き合いしていたのよ。お互い、アメリカと日本を行き来しているし、とても気が合ってね」

「そうなんだ…それで、ここにボクが呼ばれたわけは？」

一秒でも早くこの場から立ち去りたい八尋は、とにかく用事をすませてしまおうと考える。帝人とその両親がいる以上、ただのランチではないと嫌でも気がついたからだ。

八尋の母と帝人の母が顔を見合わせ、目配せしたあとで口を開いたのは帝人の母だった。

「八尋ちゃんにお願いがあるの」

「はぁ……」

「帝人と婚約してくれないかしら？」

「はっ!?」

予想もしなかった言葉に、八尋は目を見開く。それからムムムッと眉を寄せ、首を傾げながら聞き直した。

「……すみません、今、よく分からない日本語が……」

「婚約よ、コ・ン・ヤ・ク。許婚《いいなずけ》、エンゲージ。もちろん、行く行くは籍を入れる方向で」

「………。おっしゃっている言葉自体は分かりましたが、意味が分かりません。いつから日本では男同士で結婚できるようになったのでしょうか？　それとも、会長は実は女性とか？　男と偽って男子校に潜り込んで、淫ら極まりない生活を送っているんですか？　だからあんなに相手かまわずなんですかね？」

もちろん本気で言っているわけではないが、これがやけに受けた。自分の息子が皮肉られているというのに、帝人の母と、それまで黙っていた帝人の父まで楽しそうに笑う。

「はっはっはっ。百八十センチもあるゴツイ娘を持った覚えはないな」

「そうよー。嫌だわ、こんな娘。帝人は正真正銘男性で、八尋ちゃんも男性。だから八尋ちゃんには鷹司家の籍に入ってもらって、正式な婚姻ではなく養子という形の事実婚になるのだけど」

「……やっぱり、意味が分かりません」

混乱する八尋を、帝人がニヤニヤしながら見ている。

それにムッとして、八尋は文句を言う。

「会長は、こんなバカな話を了解したんですか？」

「いや、お前と同じで、なんの説明もなしに連れてこられた。男同士で婚約なんて、思いきったこと言うもんだよな」

「感心してる場合ですか。当事者のくせに、他人事《ひとごと》みたいに言わないでください。婚約なんて冗談じゃないって、会長も思うでしょう？」

「いや、まぁ、そうなんだけどな。お前を見て、少し気が変わった。いくら男同士とはいえ、この俺との婚約を嫌がるなんて珍しいよな」

「あの高校ではそうかもしれませんけど、ボクは普通ですから。ごくごく、普通。なので、男との婚約なんて断固拒否します。第一、どうしてそんな話を持ってくるかな?」

ギロリと母を睨《にら》むが、母は肩を竦《すく》めて言う。

「だって八尋、女性は苦手でしょ? 女の子と恋愛が無理でも、一生一人でいるのは寂しいじゃない? 鷹司さんの息子さんみたいに素敵な子なら、一緒にいて楽しいんじゃないかと思って。幸い同じ高校で、年も同じだしね」

「………」

母の言うとおり、八尋は女性が苦手だ。

八尋には姉と妹がいる。

美しく賢い、まさしく才色兼備というのがふさわしい姉。見た目こそ清楚《せいそ》さを装っているものの、家では外で吸えない分とばかりにタバコを吸いまくるし、下着姿で平気で歩き回る。風呂上がりなどはバスタオル一枚でウロウロしては、八尋に飲み物や下着を取ってこいと命令するのだ。

そして三歳下の妹の彩花《あやか》は、いかにも末っ子らしい甘ったれだ。なまじ可愛い顔をしているため、泣けばなんでもお願いを聞いてもらえると思っている節があり、今では自由自在に涙が流せると言っている。実際、大粒の涙をポロポロと零《こぼ》したあと、ケロリとしてチョコを摘んでいるところを見たことがある。

まだ中学生のくせに二股三股をかけ、バレれば泣いて謝ればいいと思っている。それは姉も同じで、男たちをいいように扱っているのを八尋はずっと見てきたのである。

顔立ちだけでいえば、八尋の顔は姉妹の二人よりも整っている。おまけに目元の泣きボクロのせいか、男受けもすこぶるいい。

おかげで二人からは目の敵にされ、恋人はもちろんのこと、普通の友人でさえ八尋には会わせないようにしていた。

姉妹だけではない。人形めいた綺麗な顔立ちと、やたらと男にモテるせいで、八尋は女の子からは嫌われっぱなしだった。

幼稚園で一番女の子に人気のある男の子が八尋のことを一番可愛いと言ったり、お遊戯会でお姫様役を割り当てられたりしたからだ。気の強い女の子から「オカマみたい」と言われ、乗っていたブランコから突き飛ばされたこともある。

小学校に上がってからも、いつもニコニコしていて可愛いと言われていた女の子が、八尋の筆箱をゴミ箱に捨てるところを見たりもした。

イジメといえば普通は悪ガキをイメージするものだが、八尋は女の子からしか苛められたことがない。

裏表の激しい姉と妹に、やはり裏表の激しい他の女の子たち。女という生き物がどれだけ残酷で、笑いながら平気で嫌がらせをするか身をもって体験していた八尋が、女嫌いになっても当然のことかもしれない。

中には八尋に好意を向けてくれる子もいたが、そのときには八尋はもうすっかり女性不信になっていた。だからどんなに良い子だと思っていても、女性に対するちょっとした恐怖心が相手を拒絶するのだった。

それに対して男からの秋波に関しては「うざい、見るな」と言うくらいで、襲われたときでさえ「何すんだ、こらぁ」と手厳しく撃退するが、そこに嫌悪感はない。母もそれを知っているので、男相手のほうが受け入れる可能性があると考えたらしい。

「……男相手にどうにかなるくらいなら、一生一人のほうがいい……」

「そんなの寂しいわよ」

「寂しくて結構。大体、息子にホモを推奨する親がどこにいる!?」

「あら、これも親心よ。異性がダメなら、同性でもいいから心が寄り添う人を見つけてほしいっていう親の愛が分からない？」

「愛は、もう少し違うところで発揮してほしい。ボクをあのホモ校から助け出して、一人暮らしさせるとか。家事は一通りできるんだから、問題ないと思うけど」

「とんでもない。八尋が一人暮らしなんてしたら、間違いなく襲われるわ。今は周り中が狼だらけだと思っているから気を張っているのだろうけど、気を抜いたらすぐに前髪をかき上げたりしちゃうでしょ？」

「それは、つい…鬱陶しいんだよ、これ」

「アメリカにいたときも、せっかく前髪と眼鏡で隠しているのに、気を抜いては男の人たちに目をつけられていたわよね」

「うっ……」

痛いところを突かれ、八尋は言葉に詰まる。

この前髪は、ひどく鬱陶しい。眼鏡で防御しているおかげで目の中に入ることはないが、前がよく見えないのでイラつくのだ。だから人がいないところでつい髪をかき上げては、うっかり誰かに見られたりした。

そのたびにトラブルになったが、所詮は親元だ。どこかでなんとかなると考えていたが、今は危険な寮生活なのでうっかりは一度もしていない。

「あ、あれは、アメリカだからで……。こっちでは、誰にも見られてないし。一人暮らししても、充分気をつけるから」

「どうかしら。寮と違って、気を抜きそうな気がするけど。それに八尋、あの高校だからこそ一年半もがんばれたと思うのだけど」

「……」

　確かに、「ホモ校、危険、危険」と常に警戒していた。これが普通の男子校で、多少はそういう傾向の生徒がいるといった程度の高校だったらポロポロとミスした可能性は高い。

「あなた、わりとうっかりさんだから。世渡りも下手だし。頭は悪くないし、努力家でもあるけど、世間の荒波を器用に乗りきるタイプではないわね。思うに八尋は、誰かに愛されて守られるのが合うと思うのよ」

「いや、一人で荒波を乗り越えるつもりだから」

「無理だと思うわ〜。八尋、自分が女性に嫌われるタイプだって分かってる？　女はね、自分より男受けする男なんて大嫌いなのよ。それは、彩花たちの態度を見れば分かるでしょう？　女性を敵に回して生きていくのは、なかなか大変だと思うけど。もともと社交的なわけでもないし、家でヌクヌクしていたいタイプよね？」

　その言葉に、帝人が納得といった感じで頷く。

「ああ、猫みたいに。そういやお前、見るからに猫タイプだよなぁ。いろいろな意味で」

　ニヤニヤと笑うその顔を殴ってやりたいと思う八尋だ。

　あの高校には通っていれば、「ネコ」にはもう一つの意味があり、同性同士のセックスでの受け身をいうのだと知っている。

　帝人がそのことをあてこすり、からかっているのだと分かるから、八尋の怒りも増す。もともといい印象を抱いていなかったのに、実際に会ってみたら反発しか感じない。

男と婚約なんていうとんでもない話を、なぜこうも呑気に笑っていられるのかと思うと、イライラは募る一方だ。

同じ立場のはずなのに、帝人は助け舟にはならない。

しかし、この場には帝人の父もいる。多岐にわたる企業を束ねる、鷹司家の総帥だ。息子が男と婚約するのを認めるとは思えなかった。

八尋は一縷《いちる》の望みをかけ、帝人の父に問いかける。

「鷹司さんは、反対されないんですか？」

「そうだね…反対だったよ」

「……過去形？」

「いくら帝人の行状が最悪だといっても、男の子と婚約はね……。しかしこのまま大学に進めば、一人や二人じゃない女の子が妊娠したと押しかけてきそうだし。そこで私と妻は、帝人が夢中になれる子なら、男でもかまわないという結論に達した。そして妻は、キミならと言ってきたんだよ」

その言葉に八尋は夫人のほうへと視線を戻し、戸惑った表情を浮かべる。

「いや、でもボク、鷹司夫人とはお会いしたことないと思いますけど」

「ふふ…八尋ちゃん、本当に気がついていないのね。アメリカの孤児院で何度か一緒にボランティアをしていたのよ」

「……孤児院？」

「ええ。八尋ちゃんは、お母様に連れられて。食事の世話をしたり、遊び相手になったり。十五歳以下の施設だったから安心して前髪を上げて、何人かの男の子たちにプロポーズされていたわよね」

「……思い出しました。……って、ええっ!? もしかして、ミセスマリーですか？」

「そうよ。鷹司茉莉花《まりか》。あのときは鷹司ではなく、ただのマリーとしてボランティアに参加していたのよ」

「でも、マリーはTシャツとジーンズで、ポニーテールで、スッピンでしたよ。今とあまりにも違いすぎるんですけど」

「子供の相手をするのに、ドレスでフルメイクはおかしいでしょう？」

「それはそうですけど……」

「マリーでいるほうが、いろいろなものが見えるのよ。孤児院の実情とか、パーティーになかなか出てこようとしない中神家の息子さんの素の顔とか。ああ、そういえば一緒にボランティアをしてくれていたゴツイ男の人たちは私のボディーガードだったのだけれど、四人のうち二人が八尋ちゃんにのぼせ上がってしばらくうるさかったわ。本当にモテるのねぇ」

男の人に…という言葉を呑み込んでくれたのは、おそらく茉莉花の好意だ。しかしできれば聞きたくない情報だったと、八尋は肩を落とす。

ふうっと、大きな溜め息が漏れる。

「……なんだか、いろいろありすぎて頭が混乱してます……」

「そうでしょうねぇ。無理もないわ。ゆっくり考えてちょうだい」

「ああ、私も、キミたちが互いに好き合うようなら、異存はないよ。八尋くんはとても可愛らしいしね。何より、帝人にのぼせ上がっていないのがいい」

妙に寛大な鷹司夫妻に、八尋は泣きそうだ。いくら母親同士が結託しても、せめて帝人の父には、男同士で婚約など絶対に反対だという態度を示してほしかった。

「……意味が分かりません」

「これからが楽しみということだよ」

「………」

ますますもって意味が分からないと眉を寄せて黙り込む八尋に、これで話は終わりとばかりに帝人の母がチリンチリンと手元にあった鈴を鳴らした。

「それじゃあ、お食事にしましょうか。学校の料理も美味しいらしいけど、あそこでは食べられそうにない料理をお願いしたから」

「はぁ……」

頭の中で整理しなければいけない問題が多すぎる。とりあえずこの場で婚約が決定したわけではなさそうだし、八尋は断じて了承するつもりはないが、両方の親が乗り気というのは非常に問題だった。

おまけに、当事者の一人である帝人は当てにならない。それどころか、面白がって頷きかねない恐れもあった。

「なんで、こんなことに……」

それでなくてもあんな高校に入れられて、毎日を緊張して生きているというのに、これ以上の厄介事を実の親が持ち込むという現実に眉間の皺が深くなる。ここにはいないが、八尋の父だって賛成しているに違いないのだ。

フツフツと込み上げてくる怒りにどうしてくれようかとグルグル考えていると、ノックの音とともにコースの最初の料理が運ばれてくる。

見た目に美しく、手の込んだオードブル。育ち盛りの八尋はそれを見た途端怒りを忘れ、さすがに高校の食堂とは違う料理に目を輝かせる。

有名なお坊ちゃま校だけあってとても高校の食堂とは思えないような美味しい料理を出すが、それでもやはり大人数が相手なので細部の飾りにまでこだわるのは難しい。

せっかくだから美味しく食べたいと思った八尋は、とりあえず目の前の問題を脇に置いて料理を堪能することにした。

ナイフとフォークを手に取って、前菜を口に運ぶ。

「あ、美味しい……」

「そう？　よかったわ。ふふふ…可愛い顔をして」

「うむ、可愛い」

思わず眉間の皺を消してニコッと笑ってしまった八尋を、双方の親がともに微笑ましそうに見つめている。

しまったと思って慌てて表情を引き締めるが、メインは魚と肉、しかも松阪牛《まつさかうし》と聞いてついつい頬が緩んでしまう。

美味しい料理を前に不機嫌な顔を維持するのは難しい…などと考えながらせっせと手を動かしていると、帝人がからかいを込めた視線を送ってくる。

「そんなに旨いか？」

「美味しいですよ」

「だろうな。そういう顔をしてる。ところでお前、俺と同じ年だって言ってたよな？　なら、なんで妙に丁寧な喋り方してるんだ？　他の連中と違って、俺のことを崇拝してるわけじゃないだろう？」

「崇拝とか、ありえませんから。自分でそういうことを言うのも、理解不能です。ボクのこれは、あなたと親しくなるつもりはありませんっていう意思表示ですよ。普通の友達みたいに喋って、馴れ合いたくありませんので」

「つくづく面白いやつだな」

「普通です」

「いや、面白い。気に入った」

「気に入らなくて、結構です。はっきり言って、迷惑なので」

睨みつけながらきっぱりと言いきる八尋に対し、帝人はゲラゲラと笑う。

「受ける〜。お前、いいな。一声かけただけで尻尾を振る連中には、いい加減飽きてたところなんだよ。気の強い美人って燃えるよな」

「……迷惑っていう言葉の意味、分かります？」

「分からん」

「じゃあ、教えてやるっ。ボクにかかわるな、喋りかけるな、一歩たりとも近寄るなっ……っていう意味ですよ」

「笑えるな〜。最後だけ付け足しで丁寧語っていうのが、また受ける」

「うるさいっ」

迂闊だった部分はしっかり揚げ足を取られ、八尋はますますカリカリする。

「あら、まぁ、すっかり仲良くなって」

「楽しそうねぇ」

「帝人があんなふうに笑うところを見るのは久しぶりだな」

あからさまに喧嘩腰の八尋に、それを面白がっている帝人。そんな二人を見た親たちの感想は、どうにも理解できないものだった。

「仲良くありませんからっ。思いっきり、気が合いませんからっ」

怒りのままオードブルの残りを口に放り込み、ろくに味わわずに飲み込んでしまう。

（ああ、しまった。もったいない……）

身に染みついた庶民感覚が、贅《ぜい》を凝らした料理を無碍《むげ》に扱ってしまったことを惜しむ。

とりあえず帝人に何を言われても耳を貸さず、無視して料理を堪能することだけに意識を集中しようと決意する。

（心頭滅却すれば、火もまた涼しい……？）

なんだか用法が間違っているぞと思いつつ、八尋はジッと目の前の皿を睨みながら早く次を持ってこいなどと考えていた。

★
★
★

八尋がいるのは二年C組。クラス分けは成績順ではないので、どのクラスも学力的には均等だ。以前、成績順にしたときに、上位のクラスが下位のクラスを蔑み、発奮するどころか目に見えてやる気がなくなったりしたため、均等にしたらしい。

おかげで帝人とは別の組だ。英才教育を受け、幼少の頃から天才と言われてきた帝人はろくに授業も受けないのに常に学年一位に居座り続け、八尋が自己最高得点を取ったときでさえ二十点以上の差をつけられていた。

もしクラス分けが成績順だったら、上位成績者に入っている八尋は間違いなく帝人と同じ組になっている。たまたま八尋のクラスには生徒会の役員が一人もいないため、平穏でいいと喜んでいたのだった。

しかし幼等部の頃からほとんど変わらない顔ぶれということで、二年に上がったその日からもうきっちり派閥ができていた。家柄や成績、互いの家のしがらみなどでくっついたり対立したりといろいろである。

ここでも八尋はしがらみのなさでどこの派閥にも属さず、またその外見から誘いの声をかけられることもなくひっそりと生活していた。

週末を久しぶりに実家で両親と過ごし、再び始まった緊迫の日々。両親にはしつこいほど婚約なんてありえないと言っておいたので、帝人との不愉快な会話の数々はなかったことにして頭をリセットした。

いつもどおりの時間に起き、いつもどおり適当に朝食を作って食べ、いつもどおり制服に着替えて授業を受ける。

まったくもっていつもどおりの生活に安堵を覚えつつ、昼休みに購買でサンドイッチと飲み物を買って、八尋は教室に戻ろうとしていた。

昼休みは食堂が混むので、教室で食べることが多い。クラスメートは今さらジロジロ見ないし、話しかけてきたりしないから楽なのである。

前髪が鬱陶しくてろくに前が見えないから、下ばかり見て歩くことになる。ぼんやりしていたつもりはないが、いきなり空き教室に引っ張り込まれた。

「——っ!?」

まずいと思ってとっさに相手を殴りつけようとした拳は、あっさりと受け止められる。顔を見てみれば、もっとも顔を合わせたくない相手だった。

「うわっ、エロ会長！」

「……ヤリチン会長よりはマシか……？」

「なんだって人をこんなところに引っ張り込んだんですか？」

「いや、未来の婚約者殿に挨拶をしようかと思ってな」

「ありえませんから。あなたと婚約するつもりは、一カケラもありません。そう、一ナノどころか、一ピコもなし」

「そこまで言うか」

「事実ですから。ところで、ボクに近づかないでください。平穏な高校生活に亀裂が走ります。ボクは三年間、地味に過ごすつもりなんです」

「確かに地味だな、その変装。一歩間違うとオタクだぞ」

「いいんですよ、別に。おかしな注目さえ集めなければ。素顔を晒してケダモノどもに襲われるより、ガリ勉やオタクと言われるほうが遥かにマシです」

「ま、確かにな。お前のその顔は、ここじゃヤバイ。お前の家はしがらみがない分、舐められやすいしな。せっかくの綺麗な顔が隠れるのは気に入らないが、必要な用心だと思うぞ」

「その用心も、会長に接触されると台無しなんですけど。エロエロ生活を送っているんだから、それくらい分かるでしょう？」

人気投票で選ばれるだけあって、生徒会の面々にはそれぞれファンクラブができている。中でも生徒会長である帝人のものは人数も多く、過激かつ陰湿だ。

それは帝人が見目の良いファンたちに手を出すからである。しかも次から次へと節操なしで、なまじ相手をしてもらえるから期待が生まれ、反対に自分が捨てられたり選ばれなかったりすると、暗い情念が湧くらしい。

いつしか、帝人の相手はファンクラブの中の力関係で選ばれるようになった。帝人自身は性欲を満たすためにしている行為だから頓着しないのだろうが、相手をしてもらおうと近寄る生徒はファンクラブから選ばれていた。帝人はそのときの気分で抱いたり抱かなかったりするだけである。

その不文律を無視して近づけば、手ひどい目に遭うことになる。

まずは警告。だが、もし帝人がその生徒の誘いに応じていれば、総勢百名を越す会員からの嫌がらせを受けるのだ。

それでも引かなければ暴行と性的暴力。映像を使っての脅しなど、手段を選ばない。

幼等部の頃から徐々に形作られてきたファンクラブは今や立派に組織化され、過激に走る傾向にあった。

それが普通だと、決まりを無視して抜け駆けする生徒が悪いのだと思い込み、なんの疑問も抱かない。それこそ子供の頃から変わり映えのしない面子で育ち、山奥の空間に閉じ込められて、そういうものだとして成長してきてしまった。

「あなたのファンクラブが、一番タチが悪い。ただ話しているというだけで、集団ヒステリーを起こすんですから。こんなふうに二人でいることがバレたら、ボクも餌食ですよ。冗談じゃない」

「だから、見られないようにしてやっただろう。感謝しろよ」

「アホですか。感謝しろって言うなら、ボクに一切近づかないでください。視界にも入れないでいてくれれば、ものすごく感謝しますよ」

本気でそんなことを言う八尋に、帝人はニヤニヤ笑う。

「つれないヤツ。本当に面白いな、お前」

そう言って再び腕を掴み、グッと八尋を引き寄せる。

今度はいったいなんなんだと八尋が眉を寄せて帝人を睨みつけると、帝人はそのまま顔を近づけて唇を触れ合わせた。

「――――」

キスされ、八尋は目を白黒させる。

唖然としたのも束の間、帝人の舌が歯列を割って侵入してこようとしているのに気がつき、我に返ると同時に思いきりドンと帝人の胸を突き飛ばした。

「ぺぺぺッ。何すんだ、エロ会長！　病気が伝染《うつ》ったらどうしてくれる⁉」

「誰が病気持ちだ。失礼な！」

「お前だよ、お前っ。あれだけ節操なくやりまくってるんだから、性病の一つや二つ持っててもおかしくないだろ！」

またしても丁寧語が破壊されているのだが、言っている八尋はもちろんのこと、帝人も性病持ち扱いされて気がつかない。

「アホたれ。そんなもん、持っとらんわ。こう見えても俺様は、セーフセックスの男なんだよ。スキンは必ずつけるし、キスだってしない」

「はーっ？　突っ込みはするけど、キスはしない？　それはそれでサイテー。いくらセフレとはいえ、ただの穴扱いかっ」

「据え膳を食って何が悪い。名前も顔も認識していない相手に、生でやるほうが問題だろうが」

「いやいやいやいやいや。問題なのは、名前も顔も認識していない相手とセックスするあんただ。節操がないにもほどがあるから。そんなんでセーフセックスとか言われても、バカバカしくて笑っちゃうわい」

「なんでだよ。思いっきり、セーフセックスだろうが。俺が名前も顔も認識していないのは、その気がないからだっ」

「いーやーっ、ホンット、最低。そんなことを堂々と言う人間が存在するなんて、信じられないぞ。やることやるんだから、せめて顔くらい覚えてやれっ」

「興味ねぇ」

「最低男め！」

「それでもいいって言うような連中の顔を、俺が覚える必要があるか？　そんなプライドのない人間の顔なんて、覚える価値はないね」

「…………」

口元を歪めて言う帝人の表情に、本音が見えた気がする。

確かに、プライドがないと言われても仕方がない。いくら熱狂的なファンで、少しでも目を向けてほしいからといって、名前も…顔すら覚えていない人間の相手をするなんて、八尋だったらごめんだった。

そんなセックスには、なんの意味もない。肌を触れ合わせ、体を交わらせる特別な行為が、ただの排泄で終わってしまうのだ。

「俺の周りにはな、そんな連中しかいないんだよ」

吐き捨てるような呟きが、胸に突き刺さるような気がする。

八尋は大きく溜め息を漏らした。

「……分かった。確かに、一理あるかもしれない。あいつら、外側だけ見てキャーキャー言ってるし。でも、だからって、納得はしないけど。都合がいいからって利用してるんだから、あんたにだって非はあるだろ」

「そうかもな。腹が減ってるところに魚が次から次へと食べてって言ってきたら、普通は食うだろう？　それがタイかマグロかハマチかなんて、俺は気にしないし、いちいち覚えてなくても当然だ」
「今度は魚扱い!?　食べたのが魚だったら覚える必要ないけど、人間だろ。それにそんなにど
うでもいい相手だっていうなら、しなきゃいいのに。男しかいない全寮制なんだから、諦めて
我慢するとか」
「溜まるだろうが。健康に悪いぞ」
「だったら、自分ですれば？」
「はー？　自分でなんて、つまらないだろうが。右手が恋人ってか？　八尋、お前、童貞は
間違いないよな？　女嫌いって話だし。もしかして、さっきのがファーストキスか？　右手が
恋人なんて寂しいだろう？　なんだったら俺がやってやるよ」
ニヤニヤとだらしない笑みを浮かべながら、手がいやらしく八尋の腰を撫で回している。
「細い腰だなー。こんなんじゃ、俺のマグナムはきついぞー。でも、しっかりトロトロにして
から入れてやるから、安心しろ」
「セクハラ会長めっ！」
八尋はそう怒鳴ると、膝蹴りを思いっきり帝人の股間に決めた。
「うっ！　て、め……っ」
「天罰だ！」

鍛えようのない急所である。同じ男の八尋にはそれがどれほどつらいものか分かっていたが、同情はしない。

フフフンと機嫌良く笑い、空き教室をあとにした。

★　★　★

帝人にかなり手痛い一撃を食らわせた八尋は、すっきりとした気持ちで夕食を寮の食堂で食べていた。

お坊ちゃま校だけあって少々……いや、かなり高めの値段設定なのだが、厳選された食材を使っているので納得できる。野菜も肉も甘みがあり、本来の味がしっかり感じられるものばかりだ。料理人も一流どころを引っ張ってきているため、高校の食堂にしてはレベルが高すぎるほどだった。しかも飽きないように和・洋・中の中から選べるようになっており、それぞれが量によって三段階のセットとなっている。普通のレストランのような形態にすると好きなものしか食べないし、栄養が偏るからこそのセットメニューらしい。

「でも、食堂は居心地が悪い……」

この高校では誰もが自分の身なりに気を使い、少しでも良くしようとしている生徒ばかりなので、前髪で顔を隠して野暮ったい眼鏡をかけた八尋は悪目立ちしてしまう。

だから八尋は、食堂と自炊を半々でこなしている。この高校の寮には、一階にかなり立派なスーパーもあるのだ。もちろんこちらも食材は普通より高いものばかりだが、それでも食堂で食べるより安くすませられるのは間違いない。

一人で食べていると、八尋のほうを見ながらヒソヒソとバカにしているのが聞こえてくる。わざと聞こえるくらいの声で話しているのだから、うんざりしても仕方ないというものだった。

やれやれと思いながら和食セットの一番ボリュームの少ないものを選んで口に運んでいると、キャーッという歓声が上がった。

しかしあいにくここには男子高校生しかいないので、微妙に低い「キャーッ」だ。

八尋は眉を寄せ、箸の動きを早める。入口に背中を向けていたものの、誰が来たのか予想はつく。なぜなら歓声がひときわ大きかったからである。

災難の原因に見つかる前に、とっとと食べ終えて部屋に戻りたかった。

「よぉ、八尋」

「……………」

聞き覚えのある声に、八尋の背筋を悪寒が走る。ものすごく嫌な予感に顔をしかめながら振り返ってみれば、そこには思ったとおり鷹司帝人がいた。

おまけに、生徒会の面々を引き連れている。生徒会に選ばれるだけあって各々とても煌びやかな、一人に一つずつファンクラブがあるという面子だ。

「……最悪」

帝人と出会ってからというもの、八尋の生活から平穏という言葉が遠のいた気がする。なんでこんなのと引き合わせたんだと、思わず己の母親を恨んでしまう。

あと一年半おとなしくしていれば卒業なのに、こんなふうに帝人に絡まれたら平穏とはさよならだ。

「何かご用ですか？」

「いーや、特には」

「じゃあ、とっとと生徒会専用席に移動してください。覚えていないならお教えしますが、あちらですよ」

一段高くなったところに造られた、生徒会専用席。半個室のような形のそこは、他の席からは見えないようになっていた。

食事をしているところをジロジロ見られたくないと、何代か前の生徒会長が造らせたものらしい。

早々にそこに引っ込んでくれれば、まだ被害は少なくてすむ。

もっとも、帝人に声をかけられた時点で、ファンクラブの面々の目が吊り上がっているのは間違いない。

「ああ、用っていえば用か……。面白いのがいるって言ったら、こいつらが見たがってな。連れてきた」

「……迷惑です。ものすごーく迷惑。あなたたち、自分がここでどういう存在か分かってるんでしょう？」

「そりゃ、まぁ。俺がこうしてかまってるっていうだけで、おそらく悪目立ちしてるよなぁ」

「分かってるなら、とっとと離れてください。近寄るなっての。半径五十メートル…いえ、百メートル以内の接近は禁止ということで」

「いやいや、それ、すっげえ範囲広いから。——お前って、本当に面白いやつだな。この俺様に向かってそんなこと言うやつ、他にいないぞ」

「ボクも、自分のことを『俺様』なんていう人は他に知りません。ありえませんよね、ホント」

「嫌味か？」

「いえ、ただの事実です」

「……………」

思わず無言になる帝人に、それまで黙ってやり取りを見ていた生徒会の面々が感心したようにマジマジと八尋を見つめる。

「嫌味だな」

「嫌味ですね」

「会長に向かって嫌味……」

「……すごい。尊敬します、ボク」

誰も彼もがキラキラしい、鬱陶しいほどの美形揃いだ。

穏やかで優美さが目立つ副会長の志藤悠《しどうゆう》に、可愛らしい顔に大きな茶色の目が生き生きとしている書記の宮内渚《みやうちなぎさ》。いかにも爽やかで男前な会計の生野航一郎《いくのこういちろう》に、もう一人の会計である派手な金髪の高見聖《たかみひじり》は一年生ながら堂々の役員入りを果たした。

その中で柔和な顔立ちの副会長が、にっこりと微笑みながら八尋に話しかける。

「帝人が気に入るなんてどんな子かと思っていたけど…なんだか意外なタイプだね。キミは、帝人のことが好きじゃないの？　帝人に声をかけられると、みんなポーッとのぼせちゃうんだけど」

「一カケラも好きじゃないし、のぼせたりもしません。それより副会長はとても綺麗な顔をなさっていますし、会長とお似合いだと思いますけど。二人でくっついてくれれば周りに被害がないし、お二人にはちゃんとした恋人ができる。そうそう互いのファンが文句を言えない相手というのもいないんだから、いいこと尽くめじゃないですか。まさしく、パーフェクトカップルですね」

「冗談！　誰がこんな節操なしと。ボクにだって好みっていうものがあるんだよ。……というより、人より好みにはうるさいという自覚があるから」

「わぁ、気が合いますね。ボクも、会長は全っ然、まったく、これっぽちも、好みじゃありません。そもそもボク、ノーマルなので」

「へぇ、うちの高校でノーマルかぁ。少数派だね」

お前もか…と思いつつ、八尋は淡々と言う。

「不思議ですよね、世間では一般的なのに。だからこそ『ノーマル』なんて言われるのが、ここでは少数派ってどういうことなんでしょうね。ボクは高校からの編入ですから、つくづく、しみじみ、とんでもなく『異常』だと思います」

「言うねぇ、キミ」

「そうですか？　この高校に毒されていない普通の人間の感想ですよ」

　八尋は本気でそう思っているので気負うでもなくシレッとしていると、副会長が目を輝かせながら帝人に笑顔を向ける。

「帝人が気にかけるのが分かるよ」

「な、面白いだろ？　今まで見たことのないタイプだよな」

「ここでは珍しいね。ノーマルな生徒は他にもいるけど、彼らはボクらに言い返したりしないし。ひたすら息を潜めて高校生活が終わるのを待っている感じ？」

「ああ、ボクもそうなんですよ。まさしく、息を潜めてこの最悪の高校生活が終わるのを待っているんです。だから、あなたたちが今ここでボクに話しかけていることが、どれだけ迷惑かお分かりですよね？　分かったら、どっかに行ってください。そして、二度とボクに話しかけないことを希望します。視界にすら入れなくて結構ですから」

「それ、前にも聞いたな」

「ボクの、切なる願いですから。何度だって言いますけど、ボクには一切かかわらないでください」

「嫌だね。俺は、お前が気に入ったんだよ」

「迷惑です。もう何回言ったかも覚えていませんが、ものすごーく迷惑」

「そういう反応が楽しいんだよなー。いや、マジ気に入った。キャンキャン噛みついてくるところが可愛いし、お前と話してると退屈しないわ」

「………」

これはもう何を言ってもダメだと、八尋は深い溜め息を漏らす。

周囲の視線が痛いほど突き刺さっている。広く騒がしいはずの食堂はシーンと静まり返って、八尋たちの会話に耳を澄ませている状態だった。

「……食べ終わったので、部屋に戻ります」

帝人が説得に応じないのなら、一緒に長くいる分だけ危険が大きくなる。もっともこんな衆人監視の中で可愛いだの気に入っただの言われているのを聞かれただろうことを考えると、すべては手遅れという気がした。

帝人がいかにも楽しそうなのが憎たらしい。ついでに、生徒会の面々が好奇心いっぱいに見つめているのもうざったい。

「平穏な高校生活が……」

八尋はガックリと肩を落としながら、悄然《しょうぜん》と食堂をあとにした。

★
★
★

帝人と生徒会の面々に声をかけられた翌日の朝は、起き抜けからしてすでに気が重かった。

とてもではないが食堂に行く気にはなれなかったのでトーストと目玉焼きで簡単に朝食をすませ、重い足取りで寮を出て校舎へと向かう。

「………」

思っていたとおり、早速嫌がらせをされていた。

八尋が登校してみると、ロッカーの鍵が壊されてゴミが詰められ、机も同じような有り様だった。

もっとも八尋は常日頃からロッカーも机も中身を持ち帰るようにしていたので、実質的な被害はない。

しかしだからといってこのままにしておくわけにはいかないし、自分が片付けるのも腹立たしいので、高校の総務課に電話して被害状況を訴えた。

ほとんど使うことのない携帯電話には、両親とアメリカにいたときの数少ない友人の他は、こういった事務的な番号で埋められている。この変装のまま入学するに当たって、常に万が一のことを考えて必要な番号はすべて登録してあった。

嫌がらせの通報に職員が飛んできて写真を撮り、指紋を採取して、綺麗に片付けていってくれる。

それを見て、ざわめく教室。

激しく動揺する一部の生徒たち。

最初の嫌がらせで八尋が総務課に電話するとも、職員がまさか指紋まで採るとも思わなかったのか、思っていたよりもずっと大仰なことになっているという怯えが見えた。

「な、何、それ。いきなり学校側にチクるってどういうこと?」

「学校の設備が被害に遭ったんだから、報告は当然のことでしょう。ロッカーも机も、貸与されているだけで高校のものなんですから」

「だからって……」

「それにボクは、おとなしくイジメの被害者になるつもりはありませんし。何かあったらいちいち学校側に報告して、証拠を残していくつもりですよ。生徒の自主性に任せるなんて言っていても、学校側はイジメには過敏です。イジメそのものより、それが表に出ることをね。だからボクは、学校側に知らなかったと言わせないためにすべてを報告して、何か…そう本気でボクを怒らせるようなことが起きたら、告訴も辞さないつもりです。そのときの被告はこの高校と…あとは誰でしょうね?」

言いながらグルリと教室内を見回すと、誰も彼もが顔を背け、俯き、視線を合わせようとしない。

身のほど知らずにも生徒会の面々に近づいた八尋に制裁を加えたいと思っていても、自分が被告人になるのは絶対に避けたいと誰もが思っている。

そんな不名誉なことになれば、未来が潰れる。もしイジメの首謀者だなんていう烙印を押されれば、広いようで狭い上流社会から爪弾きにされるのは必至だった。

そんな貧乏クジを引きたい人間がいるわけもなく、実行犯はもちろんのこと、ニヤニヤと笑って彼らのすることを見ていたクラスメートたちも八尋の目を見ることができないのだった。

――中神八尋は面倒な相手。迂闊には手が出せない。

それが高校中に広まるのに、大した時間はいらなかった。

一見するといつもどおりの教室は、ひどくピリピリしていた。

朝の宣言が効いたのか直接的な嫌がらせこそないものの、授業中も休み時間も、突き刺さるような視線を感じる。

特に休み時間はひどく、ヒソヒソにしてはやけに大きな声での悪口はうるさいし、教室の入口には物見高い生徒が鈴なりだった。

どうやらすでに八尋が最終的には告訴も辞さないと宣言したのが広まっているらしく、睨みつけられたり罵られたりするくらいですんでいるのはありがたい。いくら鬱陶しくても実害さえなければ、八尋は気にしなかった。

友達でもない、ただの顔見知りがなんと言おうが関係ない。八尋には繊細な顔立ちに似合わないそういう図太さがあったし、だからこそこの高校の、やけに伝達の速いネットワークには感謝した。

（……でも、油断はしないけどね）

簡単に引き下がるほど、ファンクラブの幹部たちは甘くない。さすがに裁判沙汰は忌避したいだろうから安易に手を出してこなくても、生徒会に近づいた八尋への制裁を諦めるという可能性は極めて低かった。

（今回は、警告や脅しはなしで、一気に暴行狙いかな……？）

しかも、ただの暴行ではない。裸に剥いて複数の人間にレイプさせ、その一部始終をビデオに撮っては脅迫の材料にするというのがこれまでのやり方だったらしい。

画像を校内で公開されるくらいならまだマシで、インターネットにでも流されたらもう回収のしようがない。もし画像と一緒に名前などの個人情報も出されれば、そのあとの被害は想像するのも怖いほどだ。

（もし、そんなことになったら……）

自分はどうするのだろうかと、八尋は考える。

八尋が入学してからの一年半の間に、三人の生徒が自主退学していった。それがファンクラブのせいだとは断言できなかったが、三人が三人とも生徒会の人間に近づこうとしていたので、当然ファンクラブが動いたのだろうと考えられていた。

実際、退学する前の憔悴ぶりはひどいもので、誰の目にも彼らが相当追い詰められているのは明らかだった。

「……………」

ファンクラブの理不尽さに負けたくはないが、ある程度の護身術を身につけていても、数で来られたら敵わない。自分がレイプされているところを撮られ、インターネットに流すと脅されたら闘えるかどうか分からなかった。

（……とにかく、気を抜かないようにしよう）

幸いこの高校には、あちこちに防犯カメラが設置されている。廊下や階段などの、公共スペースにだ。八尋はそれらの場所をきっちり把握しているので、なるべくそこを通るように心がけて移動していた。

万が一のための用心が、今や必須である。

（アホエロ会長めっ）

八尋は心の中で、憎々しげに怨嗟《えんさ》の言葉を零す。

そんなとき…突然、机の中で携帯電話が振動した。長く続くそれがメールではないことを示していて、八尋は慌てて携帯電話を取り出し、覚えのない番号に眉を寄せながら通話ボタンを押す。

「……はい?」

『よぉ、八尋』

「エ……」

思わずエロ会長と言いそうになって、グッと言葉を呑み込む。

今、八尋がいるのは教室だ。この場にいる誰もが八尋を睨んでいる中、電話の相手が会長だと知られたらまた面倒なことになってしまう。

「……どうしてこの番号を知っているんですか?」

『お前の母親に教えてもらった。何せ、ほら、婚約者だから』

「………」

八尋は無言で通話を切り、今かかってきた番号を着信拒否設定にする。これでとりあえず、帝人の電話に煩わされることはなくなった。

寮の自分の部屋に戻ったら、なんで勝手に番号を教えるんだと母に文句を言ってやろうと心に決める。

女がダメなら男を…と考える母の柔軟すぎる思考には、いくら親心だと言われても辟易してしまう。しかもよりによって相手として帝人を連れてくるなんて、本当に最悪としか言いようがなかった。

しかし同時に、よくあんな大物を連れてこられたものだと感心してしまう。とんでもないありがた迷惑ではあるものの、鷹司家の次男を男の婚約者として用意できたのは大したものだった。

八尋ではなく姉や妹なら、大喜びで受け入れるに違いない。何しろ自分に贅沢をさせてくれる男が好きだと言っている姉に、男は顔よと言っている妹である。性格はともかく、金も顔も極上の帝人を気に入らないはずがなかった。

（……鷹司帝人が本当にボクの婚約者なんていうことになったら、また絡まれそう……）

それどころか、帝人の相手として八尋が選ばれたということ自体に、相当な怒りが生じそうだった。

今は、姉妹ともに距離を取っているからとても楽だ。夏休みに両親の元で過ごしたときも、極力二人とは顔を合わせないように気をつけた。

二人はどうも八尋の顔を見ると何かしら嫌味を言いたくなるらしく、いつもトゲトゲしているから一緒にいると疲れてしまう。

これ以上姉と妹を刺激したくない八尋は、よりによって二人の垂涎《すいぜん》の的になるだろう鷹司帝人を選んだ母をますます恨みがましく思った。

「ふうっ……」

ものすごく面倒なことになっているのを思うと、溜め息が止まらない。

思わず机に突っ伏しそうになったところで、キャーッだのワーッだのいう歓声が轟《とどろ》いた。

「な、何っ⁉」

不意打ちで、しかもやけに大音量だったので、八尋はビクッと飛び上がる。

すると目の前に、信じられない人物が立っていた。

「よくも俺様からの電話を切りやがったな。しかも着信拒否するとは、いい度胸だ」

「うわー…最悪。ありえない。悪夢だ……」

帝人がファンにまとわりつかれているせいもあって、注がれる視線の数は半端ではない。

頭を抱えて唸り声を上げる八尋に、帝人はフンッと鼻で笑った。

「お前が勝手に電話を切るのが悪い。おかげでこんなところまで来なきゃならなくなっただろうが」

「来なくていいです。…というか、来るなっ。こんな注目を浴びて…どうしてくれるんですか」

「知るか。自業自得だ」

「なっ……」

反論しようと口を開きかけた八尋に、帝人は身を屈めて周囲に聞こえないよう耳元で囁く。

「着信拒否を解除しないと、ここでキスするぞ」

「はぁ？」

「聞こえただろう？　着信拒否を解除しないと、ここでキスする。しかも、ディープなやつをな。周りに聞こえないように言ってやってるのは、俺の優しさだ」

「……冗談はやめてください」

「冗談だと思うか？」

ニヤリと笑うその顔が、八尋を怯《ひる》ませる。

普通の人間なら、人前でキスなどしない。ましてや八尋も帝人も男なのだから、できるはずがなかった。

しかしあいにくここは同性愛がはびこっている全寮制の高校で、しかも相手は節操なしと評判の帝人だ。キスできないと考える理由がない。というよりも、腹癒《はらい》せの意味も含めて嬉々としてキスするだろう。

「………」

ここに居合わせたすべての人間が、八尋と帝人に注目していると言ってもいい。もしこんな状況で本当にキスされたら、とんでもないことになってしまう。

「……分かりました」

八尋が頷いて携帯電話を手に取り、しぶしぶながら解除すると、帝人は満足そうに頷いた。

「よしよし、それでいい」

帝人がポンポンと八尋の頭を撫でると、ざわめきと動揺が周囲に広がっていく。妙に甲高い悲鳴まで聞こえるのは、気のせいだと思いたい八尋だ。

あの鷹司帝人がわざわざ他のクラスまでやってきて、耳元で内緒話をし、頭をポンポンと撫でる…ファンクラブによる八尋への制裁が決定したのは誰の目にも明白だった。

（……一瞬たりとも気を抜かないようにしないと……）

全校生徒を敵に回したと言っても過言ではない八尋に、油断は許されない。下手をしたら、教師でさえファンクラブの手が回っているような環境なのだ。

「……休み時間、終わりますよ」

「分かった、分かった。そんな恨めしそうな顔するな。もっとかまいたくなるだろうが」

「………」

前髪で表情なんてほとんど分からないはずなのに、的確に言い当てられて八尋は戸惑う。

帝人はそんな八尋の頭をもう一撫でして周囲の悲鳴を誘い、チャイムが鳴ってからようやく立ち去った。

「は――っ……」

八尋はこれまでで一番と言ってもいいほどの大きく深い溜め息を漏らし、ガックリと机に突っ伏した。

この高校の学力は全国的に見てもトップレベルに位置しているし、学内でのせめぎ合いも激しい。年に三回ある試験結果は一位から百位まで張り出され、誰もが一つでも順位を上げようと必死だった。

それだけに授業には集中し、誰も八尋のことなど気にしている余裕はない。とてもありがたい状況だった。

もちろん自ら努力型と認識している八尋もそれは同じで、教師の言っていることを理解しようとノートにペンを走らせていた。

ふと視線をずらしたときに、携帯電話のランプが点滅しているのに気がつく。机の中で、ピカピカと光っていた。

なんだろうと思いながらコッソリとメールを見て、八尋は顔をしかめる。

「……生徒会室に来い?」

メールでまで偉そうな、帝人からの短い文章。どうやら母は、電話番号だけでなくメールアドレスも提供したらしい。

「無視、無視」

見なかったことにしてとっとと寮に戻り、部屋に閉じこもってしまえばいい。

帝人ならマスターキーを入手しているような気もするが、八尋は内側からかけられるカギを別に取り付けているので問題ない。

それに上位成績者の部屋は生徒会役員と同じ特別フロアにあるので、あまり耳目を集めないのがありがたい。

逃げると心に決めて携帯電話を机の中に戻そうとしたとき、タイミング良く再びメールを着信する。

「………」

嫌な予感を覚えつつもしぶしぶ見てみれば、やはり帝人からだった。

「……来なかったら、放送で呼び出す？　ありえないから」

そんなことをされたら、火に油を注ぐことになる。先ほどの件はすでに学校中に回っているとしても、これ以上火種を増やしたくなかった。

あの野郎と思いながらも、放送で呼び出されてはたまらないので、行くしかない。

この日の八尋は溜め息ばかり漏らし、残りの授業はろくに頭に入ってこないままだった。


かつてないほど気の重い放課後。

教科書やノートなどをまとめてバッグの中に詰め込んだ八尋は、寮のほうに向かいそうになる足を無理やり生徒会室へと向ける。

すれ違う生徒たちの視線が厳しい。

流れに逆らう形で生徒会室に近づくと、目を吊り上げて今にも罵声を浴びせそうな表情の可愛い系たちが遠巻きにしている。役員たちが出入りするのを、邪魔にならないよう待っているのだ。

八尋はここでも重い溜め息を漏らしつつ、明らかに他の教室とは違う、やけに立派な飾りの施された扉をノックする。

「はーい」

中から声が聞こえ、カチャッと扉を開けたのは副会長の志藤である。受け身の生徒たちの票を集めた生徒会長とは反対に、攻め手の票を集めて副会長となった麗しい人だ。三年生だが、二年生の帝人の下につくのに不満はないらしい。

「……あれ？　キミ、八尋くんだよね。どうしたの？　帝人に用？」

「呼び出されたんです」

「帝人に？」

「はい」

「ま、とにかく入って。帝人〜、八尋くんが来たよ」

「おうっ」

入口でグダグダしているところを見られるより中に入ってしまったほうがいいと判断した八尋は、やけに豪奢な生徒会室に足を踏み入れる。

家具はどっしりとしたマホガニーのアンティークだし、絨毯は花の模様が美しいいかにもな高級品だ。家具だけでなく、パソコンやコピー機はもちろん、テレビまでもが最新型だった。

いったいなぜ生徒会室にこんな無駄金をかける必要があるのかと呆れる八尋に、やけに立派な椅子にふんぞり返っている帝人がニヤニヤしながら声をかけてくる。

「ちゃんと来たな」

「来ないと放送で呼び出すって脅迫したでしょうが。いったいボクに何の用があるんですか？」

「仕事、手伝え。文化祭が近づいてきて、これからどんどん忙しくなるんだよ。お前を生徒会補佐に任命する」

「嫌です」

「却下」

「絶対に、嫌です」

「却下だと言ってるだろうが」

「生徒会に出入りしたがっているファンクラブの人たちが山ほどいるんだから、その人たちに手伝ってもらってください」

「あいつら、うざいんだよ」

「うざいのくらい、我慢すればいいでしょうが。貴重な労働力なんですから。あなたたちにいいところを見せようと、素晴らしく熱心に働いてくれるでしょう」

確かに熱い視線と媚びた態度は鬱陶しいだろうが、タダの労働力なのだからそれくらいは我慢しろと思う八尋だった。

しかしそれには帝人ではなく、副会長が顔をしかめて文句を言う。

「あのですね、八尋くん。そういうことを言うの、やめてもらえるかな？　あの子たちはここに入れないっていう約束になっているんだから」

「気にしなければいいんですよ」

「嫌です」

「わがままですね」

「いやいや、絶対そんなことないから。気になるの、当然だから。八尋くんは、あの子たちのうざさを知らないからそんなこと言うんだよ」

「ボクは今、うざさ全開で彼らに睨まれてますよ」

「あー…そうか、帝人のせいで」

「そう。エロ会長のせいで」

「エロエロだもんねぇ」

「エロエロですよ」

頷き合いながらそんなことを言っていると、帝人が舌打ちをする。

「おい、お前ら。人のことをエロエロ言うな」

「だって帝人、実際にエロエロじゃない」

「そうですよ。エロエロ言われたくないのなら、自分の生活態度を見直してください」

「うんうん、そのとおり。八尋くん、いいこと言うね。帝人にそういうこと言える人、あまりいないんだよ。なんだか、八尋くんとは気が合いそうだなぁ」

「ボクも、そんな気がします」

おっとりとした口調の副会長は、こうして喋っていても緊張しない。たおやかな見た目によらず言うことは言うところも、八尋には高ポイントだった。

「まぁ、立ち話もなんだから、座って。補佐の話、長くなりそうだしね。キミたち、どっちも引こうとしないから」

示されたゆったりとしたソファーに腰を下ろしつつ、八尋はきっぱり言う。

「……受けるつもりはカケラもないので」

「いや、やれよ」

「嫌です」

「やれって言ってるんだ」

「嫌だって言ってるでしょうが」

どちらも一歩も引かない睨み合いが続く。八尋は帝人に歯向かうのをなんとも思っていないし、美形フェロモンも効かないから譲るつもりはまったくない。

「まったく。じゃじゃ馬だな」

「それ、言葉の使い方、間違ってますから」

「似たようなもんじゃゃねぇ?」

そんなことを言いながら帝人が八尋の隣に座り、馴れ馴れしく肩を抱き寄せようとする。

八尋はその手を容赦なくバチンと叩き落した。

「触らないでください」

「そう嫌がるなって。俺たち、婚約者だろ」

「ボクは了承してません」

両親だとて八尋の幸せを望むからこそ帝人と婚約なんて言い出したのだし、八尋が嫌だと突っぱねているうちは強引に話を進めたりしないはずだ。

いくら鷹司家の次男が面白がってごり押ししたとしても、八尋の意思を無視して婚約するようなことはないと信頼している。

その点については安心しているが、両親の妙な親心のせいで帝人にこんなふうに絡まれるようになったことは恨んでいた。

「絶対、了承するようなことはありませんから」

「世の中に絶対はないんだぞ」

ニヤニヤと笑うその顔が憎たらしい。殴ってやりたいとグッと握り締められた拳は、ようやく我に返ったらしい役員たちの奇声によってパッと開いた。

「はぁー⁉」

「ええーっ！　ちょっと待って。どういうこと？　帝人と八尋くんが婚約者って…本当に本気で⁉」

「うっそぉーん」

副会長の志藤をはじめ、書記の宮内渚や会計の高見が口々に喚く。

なんでこんなところで言うんだと、八尋は顔をしかめる。誰彼かまわず言いふらすほど浅慮ではないだろうが、ここにいない生徒会のメンバーにまで話が広まるのは間違いない。

きっぱり否定しておかないとと思い、八尋は言う。

「嘘です。婚約なんてしてません」

「親同士が、そうしたがっているというだけの話だ。もっとも俺は、本当に婚約してもいいと思ってるけどな」

「えええええ――――っ⁉」

室内に響き渡る大音響。

いかにも迷惑そうに、八尋は耳を押さえた。

「……うるさい」

「し、信じられないっ。帝人がそんなことを言うなんて～っ」

「会長が⁉」

「俺、夢見てるのかな～？」

これまでにない帝人の言動に、生徒会の役員たちはパニックだ。各々が激しく動揺し、自分の目と耳を疑っている。

「あー…みなさん、お気を確かに。冷静になってください」

「だ、だって、婚約だよっ？」

「帝人が、八尋くんと、婚約⁉」

「会長が婚約～？」

ギャーギャーと喚く役員たち。ここには三人しかいないのに、思わず耳を塞ぎたくなるほどうるさかった。

「ですから、婚約なんてしてませんってば。親同士が勝手に言っているだけで、本人は了承していません。だから、婚約なんてしてないんです」

「でも、でも、帝人はいいって……」

「ふざけているんですよ。ボクが本気で嫌がっているのを知って、面白がってそんなことを言うんです。まったく。性格悪いんだから」

「面と向かってそういうことを言うから、かまいたくなるんだろうが」

フフフンと笑いながら伸びてくる手をバシンと叩き落とし、八尋はもう何度目か分からない溜め息を漏らしながらこめかみを指で押さえて言う。

「とにかく、ボクはエロ会長と婚約するつもりもないし、補佐なんてする気もまったくありません。そもそも生徒会の役員にも、生徒会室にも近寄りたくないんですよ。ボクの存在は、綺麗さっぱり忘れてください」

「本当に強情なやつだ……。仕方ないな」

「ようやく諦めてくれましたか」

パッと嬉しそうに言う八尋に、帝人はニヤリとタチの良くない笑みを向ける。

「明日、教室で熱烈なキスをかましてやるよ。どうせお前、もう目ぇつけられてるし、うわさに最後の一押しってとこだな」

「…………」

鬼だ。悪魔がいる。

限りなく黒に近いグレーゾーンにいる八尋を、黒の側に突き落としてやると言って帝人は脅しているのである。

「いや、でも、もうどのみち制裁は確実だろうし……」

もはやグレーも黒も変わらないところに八尋はいるような気がする。泣き寝入りはしない宣言のおかげで今は手を出しあぐねているだけで、彼らは虎視眈々と制裁のチャンスを窺《うかが》っているはずだ。

だったら生徒会の補佐なんて面倒な役目を引き受けるだけ損だと、八尋は結論付ける。

「やっぱり、遠慮します」

「毎日、ガンガンキスしてやるぜ。教室、食堂、ああ、校庭で体育の授業中なんて最高だと思わないか？　ギャラリーが山ほどいるぞ」

「………」

「どうせなら、全校集会のときがいいか。っていっても、まだ当分先だしな…文化祭を口実に臨時で開くのもいいな」

「………」

ものすごく楽しそうに話しているその顔は、きっとファンクラブの連中には永久保存ものの垂涎の的なのだろう。けれどあいにく、八尋の目には悪魔の笑いにしか見えなかった。

「ま、お前が俺と毎日キスしたいっていうんなら拒否し続けるのもいいけどな。期待に応えて、濃いのをかましてやるから」

「……分かりました。補佐、やります」

それ以外、返事のしようがない。帝人の思いどおりに動かされるのは非常に悔しいが、毎日キスされるのなんてごめんだった。

「おっ、ようやくその気になったか」

「もちろん、ボクの本意じゃありません。ものすごく、不本意ですが。それでも、あなたにキスされるより遥かにマシです」

「ひでぇ。俺様とキスしたくてウロチョロしてる連中が山ほどいるっていうのに、そういうこと言うか」

ゲラゲラ笑いながら言うのだから、八尋の顔がますますしかめられる。

「だったら、そういう子たちにキスしまくればいいでしょうが。ボクにとっては、あなたとのキスは脅迫にしかなりません」

「ま、そのうち八尋のほうからキスして〜ってねだるようにさせてやるよ」

「ありえませんから」

鼻に皺を寄せ、心底嫌そうに言う八尋に、帝人は笑い声を上げる。そして八尋の頭をグチャグチャにかき交ぜながら役員たちに言った。

「そういうわけで、こいつ、今日から補佐だから。頭は悪くないし、見てのとおり嫌なことは嫌って言えるやつだから、コキ使っていいぞ」

「……分かった」

「了解でっす」

「ええっと…それじゃあ、早速お願いしてもいいかな。打ち込み作業が山ほどあるんだけど、それぞれ自分の仕事に追われて、手がつけられなくて」

「はい」

パソコンへの打ち込み作業は嫌いじゃない。やれば確実に前に進むというのは、充実感があって好きなのだ。

八尋は副会長から要点を聞き、ドッサリもらった書類の山を抱えてパソコンの前に座る。そしてザッと内容を確かめると、打ち込み作業を始めた。


広々とした生徒会室は静かで、紙をめくる音とキーボードを打つ音くらいしかしない。時折交わされる会話といえば必要最小限の事務的な内容で、八尋の横にどんどん書類が積み上げられていくことからも、忙しいという言葉にウソはないようだった。

それぞれが自分の仕事に没頭し、ふと集中の途切れる瞬間がある。

「八尋くん、少し休憩しないかい？　渚がスコーンを持ってきてくれたんだよ」

「はい」

八尋はキリのいいところで打ち込み作業をやめ、保存してからお茶の準備がしてあるテーブルへと移動する。

「そこのソファーに座ってね。紅茶でいいかな？」

「はい」

目の前に置かれたのは、ウエッジウッドのジャスパーシリーズ。高校の生徒会で使うには高価すぎるそれに、八尋は眉を寄せる。

「……このティーセットは、どなたかの持ち込みですか？」

「え？　生徒会のだよ、もちろん。何代か前にこれに替えたって聞いているけど。このシリーズはそれほど高くないし、定番だから割ってしまっても買い足しが利くだろう？　倹約できていいよね」

「………」

そもそも備品でこんなものを使うこと自体、倹約という言葉からほど遠い気がする。

「ガサツな高校生なんて、百円ショップのマグカップで充分だっての」

ITという分野で一代にして財を築いた八尋の家は、基本的に庶民派である。父は普通のサラリーマンの子供として育ったし、元お嬢様だった母も父と結婚してから数年は自分で家を切り盛りしなければならなかったので、それなりに広い家に住んでいる今も、母は通いの家政婦を雇いながら自ら料理を作ったりしている。

八尋もアメリカに移るまでは普通の公立小学校に通っていたし、この高校に通うお坊ちゃまたちとはだいぶ金銭感覚が違う。

「あ…美味しい……」

なんの気なしに口に運んだ紅茶は、香りが良くて味がしっかり出ているわりに渋みがほとんどない。

どちらかというとコーヒー党であまり紅茶は飲まない八尋は、思わず感心してしまった。

すると書記をしている宮内渚が、その大きな目をクリクリさせながら嬉しそうな顔をする。

「この葉っぱは、ボクの持ち込みなんだよ～。グランマが、イギリスから送ってくれるんだ。このクリームとジャムもそう。イギリス人はお茶に関してうるさくて、葉っぱやスコーンなんかに気を使うんだよねぇ。クリームとジャムをたっぷりつけて食べてみて」

「はい」

八尋は甘いものが好きだから、断ったりしない。

自分の食生活にはないスコーンに興味を抱きつつ、言われたとおりクリームとジャムをたっぷりつけて齧《かじ》ってみた。

「ん…美味しい。すごく濃厚なクリームですね。ジャムもあまり甘くないから、酸味と絡み合って絶妙な感じ」

「そうでしょう？　どっちも大手メーカーのものじゃないんだけど、美味しいんだよねー。あ、ちなみにそのスコーンはボクが作ったんだよ。購買でスコーンは売ってないからねー」

「え？　これ、自分で作ったんですか？　すごいですね」

「日本で美味しいスコーンが食べられないってグランマに泣きついたら、特訓させられた。そんな難しいものでもないしね。スコーンだけ自分で焼ければ、クロテッドクリームやジャムはグランマが送ってくれるから、たまにこうして作るんだ」

「スコーンって初めて食べましたけど、美味しいです」

「生徒会には、授業免除の他に、料理部からの差し入れっていう特典もあるんだよ。料理部の部長が友達でねー、食材から調理までしっかり監視してもらってるから安心して大丈夫」

「……安心？　食中毒の心配はしなくていいという意味ですか？」

「そうじゃなくて、催淫剤を入れられたりとか、惚れ薬を入れられたりとか、その他に爪やら髪の毛やら…そっちの心配。迂闊にもらったものを食べられないからさ」

「……大変ですね、人気者は。爪とか髪の毛……」

「お呪《まじな》いの一種なのかな。食べてる途中でそんなのが出てきたら、気絶ものだよね」

「うっ……」

想像すると、気持ち悪くなる。そんなものを警戒しないといけないとは、人気があるのも考えものだった。

「本気で同情します」

「……ありがと。なんか、複雑だけど。でも、まぁ、そういうわけだから。八尋くんには申し訳ないけど、これからもよろしくね。ホント、忙しいんだよねー。処理能力の高い人が増えるのは大歓迎なんだ。何せ会長がサボり魔だからさー」

いったいどこをふらついているのか、帝人はずいぶん前から姿を消している。

「でも、そのうち戻ってくると思うよ。あれで結構甘いもの好きだから、お茶の時間には戻ってくるんだよ」

「へー、意外。甘党ですか？」

「んー、辛いのも甘いのも好きな両党派？」

「さすが、節操なし。食の好みまでそれですか」

顔をしかめて呟くと、渚がケラケラと笑う。

「確かに節操なしだよねー。八尋ちゃん、面白いこと言うね」

「ボクは、面白いことを言っているつもりはないんですが」

副会長と高見は複雑な表情を浮かべ、副会長が苦笑しながら言う。

「帝人相手に節操なしなんて言える人は、あまりいないから。生徒会の人間でも、帝人に遠慮なく喋れるのはほんの二、三人だよ。何しろ、幼等部の頃から同じ顔ぶれだからね。ある程度の年になると、自分の位置関係とか分かってくるし。みんな、遠慮しちゃうんだよ」

「面倒な環境ですね」

「ボクもそう思うけど、仕方ないかな。ここも、小さな社会だから。学生のときくらいしがらみなんて考えずにのんびり過ごしたいけど…親の会社のこととかを考えていては、友達を作るのも難しくて。ただの喧嘩も大事になるから」

帝人や副会長にその気がなくても、周りの生徒たちが喧嘩の相手を厳しく糾弾するのだろうと簡単に想像がつく。今のような組織だった制裁はないにしても、暗黙のうちに苛めくらいはあったような気がする。

そんなことが何回か続けば周りは帝人たちに盾突かないようにするだろうし、帝人たちも口喧嘩すらできなくなってしまう。無意識のうちに階級分けができ、今のような形で生徒会が特別視されるようになったのだと分かった。

それに比べれば公立校は呑気で、アメリカは自由だった。男に言い寄られる不愉快さはあったが、伸び伸び育ったとは思う。

これじゃあ帝人が俺様で傲慢になるのも仕方ないかと思っていると、タイミング良く扉が開いて当の本人が戻ってきた。

「お、旨そう」

「サボリ魔が帰ってきた～」

「帝人、ちゃんと仕事してください」

「そうですよー。仕事、溜まってるんですから」

遠慮がちながらしっかり文句を言う役員たちに、帝人はスコーンを頬張りながら悪びれることなく言う。

「うるさいぞ。ちゃんと補佐を置いていっただろうが」

「それはそれ。中神くんは優秀なのでずいぶん処理してもらったけど、帝人にしかできないことはたくさんあるんだからね」

「分かった、分かった」

実際、八尋が打ち込んだ書類の中にも、会長のサインが必要なものがいくつかあった。

帝人は適当に返事をして八尋の隣に座り、馴れ馴れしく肩に手を回してくる。なので、八尋もきっちりそれを叩き落としてジロリと帝人を睨みつけた。

「触らないでくださいってば。どうしてボクの隣に座るんですか？」

「空いてるから」

「他にも空いてますよ。あの、いかにも無駄に立派な椅子とか」

誰も座らないところを見ると、会長の椅子なのではないかと思う。

「細かいことは気にするな」

八尋が座っているのは三人くらいは座れそうなソファーだが、隣に来た帝人はスペースに余裕があるにもかかわらずやけに密着してくる。おまけに隙あらば腰に手を伸ばしてくるし、しまいには顔まで近づけてくるセクハラ三昧だ。

八尋はその顔を掌でグイグイと押し返す。

「セクハラはやめてください、エロ会長」

「お前こそ、エロ会長と言うのはやめろ」

「思いっきり嫌がっている相手にキスしようとする節操のない男は、エロ会長と言われて当然だと思いますが。まさかご自分を、品行方正な堅物とは言わないでしょう?」

「いや、見ようによっては……」

「どこから見ても無理でしょう」

きっぱりと言いきる八尋の味方は、役員たちである。

「無理だねー。品行方正はないよ」

「無理、無理。いくらなんでも堅物は、ありえない」

「はい。ありません」

一緒に休憩していた生徒会の面々が、意見を揃える。普通の生徒にとっては憧れの的の生徒会長も、ここでは特別扱いはしないらしい。

さすがに一年生は遠慮がちだが、それでもしっかり同意を示す姿が見られる。

彼らは八尋の外見について嫌悪感を見せなかったし、八尋のタイピングが速くて正確なのを知ると、感謝の目を向けてきた。生徒の自主性に任せるという方針の下、生徒会には相当な量の仕事があるからこそである。

蔑みの視線を向けずに普通に話しかけられるのは嬉しいし、美味しいお茶とお菓子もある。

帝人の存在さえなければ、生徒会室はなかなか居心地が良さそうだった。

★
★
★

八尋の生活には、一見平穏が戻ってきた。

生徒会の補佐をすると発表されてからは、帝人のファンだけでなく他の役員たちのファンの恨みまで買ってしまったが、泣き寝入りはしないという宣言をしているせいか嫌がらせの類は一切なく、ファンクラブの面々も遠巻きに憎々しげに八尋を睨みつけるだけだ。

睨まれるだけなら、なんの実害もない。たとえそれがほぼ全校生徒とも思える相当な数の生徒たちで、神経の弱い人間ならそれだけでまいってしまいそうな目つきだとしても、八尋にはなんの影響も与えなかった。

それがまた彼らには憎々しくもふてぶてしく映り、ますます怒りを募らせることになるのだが、八尋はまったく頓着しなかった。

変わらぬ、生徒会に呼び出されての手伝い。八尋にとっては迷惑極まりないそれらの作業が、なかなかお近づきになれないファンクラブの面々には羨ましくて、妬ましくて仕方ない。

高校の敷地内には、あちこちに防犯カメラが設置されている。もちろん寮の部屋の中やトイレといったプライベートな空間にはないが、それ以外はかなりの部分がカバーされていた。

八尋はその位置を頭の中に叩き込み、どこに移動するのでも必ずカメラの前を通るようにしている。万が一にでも拉致されないようにとの警戒だった。

手を出せないことで彼らの怒りと憎悪は深いところにどんどん溜まっていき、ボルテージを増していくばかりだ。一触即発…だが、硬直状態。

なんとも危なっかしい状況なのは間違いなかった。

八尋が生徒会の仕事を手伝い始めて分かったことは、帝人が意外にも有能だということだ。

時折フラリとサボったりするものの指示は的確だし、自身も相当量の仕事をこなしている。

おまけにすでにいくらか父親の仕事に関わっているということで、週に一、二回ほど会社の秘書がやってきてはしばらく会長室に閉じこもってしまう。遊んでばかりで手の早い節操なしというのは、一部八尋の誤解だと認めるしかなかった。

近くで見ているうちに八尋は帝人を見直したが、手の早い節操なしという評価については変わりない。

相変わらず帝人は隙を見て抜け出し、適当に見栄えのいい生徒に手をつけているらしい。相手も同意のうえだからいいのだろうが、名前も知らないし、聞く気もない相手…しかも毎回違うというのはどうなんだと呆れてしまう。

そのくせ何かと八尋に密着してくるのだから、八尋はイライラさせられた。

しかし当然のように隣に座られ、さりげなく肩やら腰やらに手を回されるのを、毎回毎回きっちり叩き落とすのも面倒だ。

毎日繰り返されているうちに八尋はいつの間にか帝人の気配に馴染み、少しずつガードが緩くなっていることに気がつかなかった。

週末は自分の部屋でこもりっきりになり、本を読んだり勉強をしたりして過ごすのが八尋の習慣になっている。

ここのところ毎週のようにあった生徒会からの呼び出しもなく、久しぶりに自由な時間を満喫しようと考えていたのに、母から電話で来るように言われてしまった。

前回呼び出されたときは帝人との婚約話だったことを考えると、ぜひとも固辞したい八尋だったが、あいにくとそれは許されない。帝人との話は一切しないから、絶対に来るように言われたのである。

しかも呼び出しの理由は、パーティーへの強制参加だ。とにかく来い、絶対に来いと言われ、八尋はしぶしぶ山奥から脱出することになった。

迎えの車の中には、シャツブラウスにタキシード、ブラックタイにエナメルの靴まで用意されている。どうやらパーティーは盛大なものらしい。

「なんでボクがパーティーなんかに」

八尋はブツブツと文句を言いながら、車内で着替えをする。

前髪を上げてムースでセットし、顔のソバカスを消すと、さすがにタキシードを着て転寝《うたたね》するわけにはいかない。

道中、八尋はきちんと背筋を伸ばしてシートに座って、上野と話を弾ませた。


この前とは違う、だがあまりホテルに詳しくない八尋でも聞いたことのある一流ホテルの前で車が停まる。

「ここ?」

「はい。奥様は、ロビーでお待ちとのことです」

「ああ、やだなぁ……」

パーティーなんて気が重い。いつもの格好ならともかく、顔を晒しての参加は鬱陶しいことになるのが分かりきっていた。

もっとも、街中のナンパと違って、パーティーに招待されているような人々は無様な誘い方をしないのは助かる。相手にも外聞があるから、しつこくしたり力ずくだったりなんてことはない。

それでも男に言い寄られるのは八尋を落ち込ませ、溜め息を漏らしながら中に入ってみると、ロビーにはパーティーに招待されているらしい華やかな装いの男女が何人も見受けられた。

「八尋、ここよ」

そう笑って手を振る八尋の母も、落ち着いたピンクのドレスに身を包んでいる。いかにも大人の女性といった感じの、上品で美しいドレスだ。

着飾った人々が周りにたくさんいるにもかかわらず、盛装した母は人目を引く。

八尋の真っ直ぐで艶やかな黒髪と、潤んだような黒い大きな瞳は母譲りだ。こうして改めて見てみると、自分はつくづく母に似たのだと思い知る。

「さすが上野さんだわ。時間ピッタリよ」

「ボクは、パーティーなんか出たくないんだけど」

不満いっぱいでそんなことを言う八尋に、母は肩を竦める。

「あら、そんなこと言って。今日のパーティーには基樹《もとき》くんが来るのよ。だから八尋も呼んだんじゃないの」

「基樹が?」

昔から可愛がってもらっている年上の従兄弟《いとこ》の名前を出されて、八尋は目を輝かせる。

「基樹、帰ってきてるんだ?」

八尋の父と母は、結婚を反対されて駆け落ち同然に家を出た。父は普通のサラリーマン家庭だが、母はそれなりに名の通った家のお嬢様だったのだ。

今は父も財を成したからある程度母の一族とも関係が修復されているものの、やはり駆け落ちした娘とその相手ということでわだかまりが残っているらしい。

基樹の父親である母の兄とは駆け落ち後もコッソリ連絡を取り合っていて、いろいろ手助けしてくれたとのことだった。

母の実家の家業はその基盤を、日本とアメリカ半々に置いている。基樹も家業を継ぐべく大学からアメリカに住み、今は卒業して一族の経営に関わっている。

八尋がアメリカにいたときは同じ街に住んでいるということでしょっちゅう会っていたが、日本に帰ってからはなかなかそうもいかなかったので、基樹と会うのは本当に久しぶりだった。

基樹は八尋におかしな目を向けない貴重な人間だ。親戚にすら舐めるような視線で見られることのある八尋にとっては、安心して甘えられる数少ない相手である。

基樹と会えるなら、苦手なパーティーも我慢しようと思った。

「基樹くんは今夜、このホテルに部屋を取っているのよ。久しぶりだから、あなたもお泊りしなさいって。パーティー中はゆっくりお喋りなんてできないものね」

「それならパーティーなんか出ないで、部屋で待ってるのに……」

「まぁまぁ。せっかくだから、腹ごしらえしていきなさいな。ただ部屋で待っているのは退屈でしょ」

「先に言っておいてくれれば、本か何か持ってきたのに……」

「たまには私も、息子を見せびらかしたいのよ。少し付き合ってちょうだいな。会場で基樹くんに会ったら、キーをもらって部屋に行けばいいわ」

「うー……」

面倒くさいと思いながら母の後についていくと、このホテルの中で一番大きなホールに辿り着く。ロビーに人がたくさんいたので想像はついたが、やはり盛大なものらしい。

入口で招待状を見せて中に入ると、母は早速知人を見つけて挨拶回りだ。

八尋もそれに付き合って控えめながら愛想を振りまき、母から解放されるまでに小一時間を要した。

「はー……」

社交は、八尋のもっとも不得意とするところだ。顔を晒して好色な視線を向けられるのも、顔を隠してバカにしたような視線を向けられるのも好きじゃない。

さすがに今回挨拶をした人たちは上品なもので上手に隠していたが、その手の視線に敏感な八尋は何度も背筋をゾクゾクさせられた。

ようやく一人になれて、ホッとする。

ウエイターから受け取った飲み物で渇いた喉を潤し、皿に料理を盛って壁際にしつらえてある椅子に座って食事した。

「んっ…美味しい」

煮込み料理の類は量をたくさん作ったほうが美味しいという。その言葉どおり、このホテルの牛スネ肉のトマト煮込みは絶品だった。

自分では絶対に作れそうにない料理ばかり取ってきて、ニコニコしながらそれを食べていると、隣に座った男が声をかけてきた。

「美味しそうに食べるね」

「……はい、美味しいですよ」

推定年齢、三十七、八歳。青臭さはすっかり抜け落ちているが、まだ四十歳にはなっていないだろうという感じだ。いかにも精力的で、仕事も私生活も充実しているのが分かる自信に満ちた顔つきである。

なかなかのハンサムではあるが、八尋は苦手なタイプだった。この手の人間は、弱気を見せるとことん付け込もうとする。しかも自分に自信があるから、やんわりとした拒絶では通じないのだ。

(むっ…ちょっと、帝人に似てるかも?)

そう思うと、邪険に扱える自信がある八尋である。もっとも、相手がどんな立場の人間か分からないから、そのあたりの加減が難しい。

(あー…パーティー、面倒くさっ)

両親が招待されているということは、どこかで関係が繋がっている可能性があるということだ。下手な態度に出て怒らせたら、実は父親の重要な仕事相手だったということもありえる。

（やっぱ、逃げるのが一番か……）

男は八尋に向かってしきりに話しかけ、八尋も適当に返事をしていたが、心なしか先ほどより距離が縮まっているような気がする。

何やら目つきも妖しくなっていて、八尋はまずいと思いながら慌てて言う。

「お話中、すみません。ボク、もうちょっとご飯食べたいので、取ってきますね」

ポイントは少し子供っぽい口調と、控えめな笑み。有無を言わさず立ち上がり、相手が何か言ってくる前に会釈して歩きだす。

まっしぐらにビュッフェコーナーを目指し、先ほどとは違う料理を皿に載せて、来た方向とは反対側の椅子に座って食べ始める。

「――――」

広い会場の隅のほうでひっそりと壁の花をしているのに、次から次へと人が寄ってくるのが鬱陶しい。若いのから中年まで幅広い年齢層から声をかけられるわりには、そのすべてが男というのは悲しいものがあった。

日本人形を思い起こす八尋の美貌が特に外国人に受けがいいのは、アメリカにいたときに実証されている。

この会場にもあちこちに外国人らしき姿が見受けられるが、その数はせいぜいが一割二割といったところだ。それなのに、八尋に声をかけてくる男たちの半数が外国人なのはどういうことなんだろうかと、八尋は内心で罵声を上げる。

「コンバンハ」

「……こんばんは」

またかと思いつつ返事をして、せっせとフォークを口に運ぶ。

八尋に英語は分からないと思っているのか男はつたない日本語で名乗り、一生懸命話しかけてくる。

金髪でブルーアイの優しそうな人だし、好色な目つきも見受けられない。しかしいくら好感度が高くても、ナンパはナンパだ。二十代半ばはいっていそうな大人の男性が、高校生を掴まえてお友達になりましょうはありえない。

なので、自然と八尋の返事は「はぁ」、とか「ええ」といったつれないものになってしまう。ここで愛想を振りまくと、携帯電話の番号交換からデートの約束まで持っていかれるのは今までの経験で分かっていた。

「ええっと、ボク、お代わり取ってくるので」

この言葉でその場から離れるのは五度目。いい加減満腹で、もう一皿デザートを食べられるかどうか迷うところだしかし先ほどの男性の視線をいまだに感じるので、八尋は中央のビュッフェコーナーに足を向ける。

アイスクリームくらいなら…と考えていると、馴れ馴れしくポンと肩を叩かれ、声をかけられた。

「よぉ、モテてるな、男に」

「………」

聞き慣れた声、そして口調だ。

八尋はうんざりとした気持ちを隠さずにそちらのほうを振り向く。

「エロ会長…なんだってこんなところに来てまで、その顔を見なきゃいけないんですか？」

「俺もパーティーに参加してるから」

「……最悪」

「俺は、おかげで退屈凌《しの》ぎができる。つまんねぇパーティーだよな」

「ボクは、面白いパーティーなんて出たことないですけど」

「なるほど。それもそうか」

クックッと笑うその顔が、やけに上機嫌だ。公共の場でもあることだし、セクハラはされまいと八尋も緊張を緩める。

「料理、食べました？　さすがに美味しいですよね」

「そうか？　普通だろ。パーティー料理なんて、どこもこんなもんだ」

本気で飽き飽きしているのが分かる表情だ。帝人はすでに一部親の仕事を手伝っているから、パーティーに駆り出される機会も多いのかもしれない。

「会長も、意外と大変なんですね」

「なんだ、いきなり」

「ボクは親の仕事は継がないので、滅多にこういうパーティーに出ることはないんですよ。すごく自由にさせてもらってます」

「継がないのか？」

「ＩＴ業界は動きが速いから。それに、特殊な才能が必要な気がするし……。あまり向いていないかな…というのがボクと父の一致した見解で。うちの父もまだ若いから、気長に会社を継がせられる相手を捜すって言ってました」

「頭の柔軟な父親だな」

「だから、ＩＴなんじゃないですか？　機転の利かせようで、一番可能性があるのがＩＴ業界だって言ってましたよ」

「なるほど。確かに八尋は苦手そうかもな」

「コツコツ真面目に努力するのは得意ですけど、機転と言われると……。自由な発想でっていう課題が一番苦手です。テーマを決めてもらわないと、頭が真っ白になるんですよねぇ。

父もそれが分かっているので、無理に継がせようとは思わなかったらしいです」

「言われれば納得だな。自分の適性をよく分かってる」

「自分のことですからね」

「うちの高校には、自分のことですら分かってない連中が山ほどいるからな。親の会社をなんの疑問もなく継ぐと思っているやつらがほとんどだ。十年、二十年後に、残っている会社がいくつあるか楽しみだな」

「意地が悪いですね」

帝人からのセクハラもなく、八尋は珍しく和やかに会話をする。

帝人と話していると、余計なちょっかいをかけられなくてすむのがありがたい。視線は感じるが、それは控えめなものだ。

鷹司帝人の存在は、ただの高校生としてではなく強大な権力を持つ鷹司家の直系として認知されているらしい。それは帝人に向けられる熱い視線からも感じられた。

タキシードを着た帝人は、高校生には見えない。もともと男らしいハンサムな顔をしているのに、正装し髪をセットしているから男ぶりが上がっていた。

八尋がマジマジと帝人を見つめていると、帝人はニヤリと笑う。

「なんだ？　見とれちゃったか？」

「ボクじゃなく、女の人たちが。高校生っぽい子からマダムまで、熱っぽい視線を向けられているのに気がつかないわけじゃないでしょう?」

「まぁな。いつものことだ」

「あの中から、好みの子をピックアップすればいいじゃないですか。会長、ゲイっていうわけじゃないんでしょう?」

「バイだよ。でも、実際にあの中のやつらに手をつけたらどうなると思う? 未婚ならすぐに婚約を突きつけてくるだろうし、既婚なら後々どんなトラブルになるか分からない。素性が知られている女と寝るのは、厄介なんだよ」

「うーん……」

「俺が十八以上だったら、すぐ結婚を迫ってくるだろうな。鷹司の次男が相手ともなれば、旦那なんて簡単に捨てるさ。お前、そんな目に遭いたいか?」

「あ、遭いたくない……」

「その点、男は気楽だからな。あいつらもメリットを考えてはいるんだろうが、さすがに結婚を迫ったりはしないから。日本が同性婚を認めてなくて助かったぜ」

「………。やっぱり、サイテー」

鷹司の名前を背負うのは大変なんだと本気で同情しかけたのに、やはり帝人は帝人かと八尋は顔をしかめる。

そんなとき、目の前にスッと腕が見えたと思うと後ろから、優しく抱きしめられた。

「やーひーろっ」

懐かしい声。

やんわりと体に回った腕の優しさは、八尋にとって馴染み深いものだった。

「基樹！」

声だけで従兄弟の基樹だと気がついた八尋は、満面の笑みを向ける。

「久しぶりだな、八尋。相変わらず、可愛いやつめ」

「基樹は、相変わらずエラソー」

「なんだと、こいつ」

笑いながらグチャグチャと頭をかき回す基樹に、八尋は悲鳴を上げて後ろに回る。そして背後からギュッと抱きしめ、微笑んで言う。

「基樹ー…久しぶり」

「お前が日本に戻るから悪い。日本の高校を卒業してほしいっていうおじさんたちの気持ちも分かるけどな」

「うん……」

「学校は変りないか？　苛められてないか？」

相変わらず過保護なお兄さん的な発言に、八尋はクスクス笑う。

「大丈夫だよ」

「なら、よかった。俺はまだしばらく抜け出せそうにないし、飽きたら先に部屋に行って休んでいるといい」

そう言って基樹は、八尋の手にカードキーと部屋番号が書いてあるメモを渡す。

「適当に飲み食いしてていいぞ。寛いで待ってろ」

「うん」

「いい子にしてるんだぞ」

八尋の頬にチュッとキスをした基樹は、剣呑な視線を向ける帝人に向かってこれみよがしな笑みを見せた。

帝人の顔は険しく、拳が握り締められている。いつも自信たっぷりの帝人が、このときばかりは悔しそうに眉間に皺を寄せ、憎々しげに基樹を睨みつけていた。

「………」

「………」

基樹が去ったあと、八尋と帝人の間に微妙な空気が漂っていた。

「何、可愛い顔してんだよ」

ブスッとしてそんなことを言う帝人に、八尋は眉を寄せる。

「は？　何を言ってるんですか？」

「お前、俺の前じゃあんな顔しねぇくせに。誰だ、あいつ」

「あなたには関係ありません」

「関係ないわけあるか。いいから、言え。あいつはいったい何者なんだ?」

「……………」

思いがけず強い口調で咎《とが》めるように聞かれ、八尋は戸惑いつつ答える。

「従兄弟…ですけど。小さい頃から可愛がってもらってるんです」

「お前、いつも警戒心の強い猫みたいにツンツンしてるくせに、あいつにはやけにニコニコしてたな」

「言ったでしょう。小さい頃から可愛がってもらってるんですよ。基樹はボクを変な目で見ないから、安心して甘えられるんです」

「甘えたいんなら、俺がいるだろうが」

「……会長は、変な目で見るから嫌です」

「当たり前だ。誰が安全パイになんてなるか。俺は、お前の兄弟になるつもりはないからな。兄代わりなんてごめんだね」

「………」

いつもからかうような帝人の口調が、今は妙に余裕がなくなっている。

「……会長?」

「帝人だ。会長じゃない」

「……帝人？」

様子の違う帝人に戸惑いを覚えた八尋が手を伸ばして帝人の頬に触れると、帝人はビクリと反応をする。

ジッと八尋を見つめたかと思うと、腕を引っ張って抱き寄せ、ほんの一瞬唇を重ねた。

「――!?」

八尋が目を見開いて驚愕の表情を浮かべる間に帝人は離れ、「覚悟しろよ」という言葉を残してこの場から立ち去った。

「……」

あとに残された八尋は、呆然とその後ろ姿を見送る。

八尋には、何がなんだか分からなかった。帝人が見せた苛立ちも、何を覚悟しろというのかも分からない。

ただ、帝人との生ぬるい関係が変わるような予感がした――。

パーティーのときにあんなことを言った帝人だが、週が明けてみると今までとまったく変わらない態度だった。

ただ、仕事を抜け出してフラフラすることはなくなった。

ファンの子たちを抱くのをやめたと小耳に挟んだが、確認を取れるような立場でないので本当かどうかは分からない。

八尋はその話を聞いたとき、嬉しく感じたのを覚えている。

だが、それがなぜか…深くは考えない。考えるのが怖い。突き詰めてしまえば、信じたくない…認めたくない答えが出てきそうで、八尋を怖気づかせる。

★
★
★

八尋は平穏が何より好きだ。

女性には拒否反応が出るし、幼い頃から同性に言い寄られ、ときには力ずくで従わせられそうになった。

女にも男にも興味が持てず、恋愛は面倒そうだと思う。

この高校に入ってからは同性同士でくっついたり離れたりを見せつけられ、生徒会への妙なのぼせ上がり方を見るにつけ、ますますそれらを避ける傾向が強くなる。

恋や愛は、人生を複雑にする……。

だから八尋は、その中に飛び込むつもりはなかった。

それだけに帝人の態度が変わらなかったことに少しばかり拍子抜けしつつも、多大なる安堵感を得たのである。

生徒会室で顔を合わせても、帝人は今までどおりだった。休憩時間には隣に座って軽口を叩きながらセクハラ行為に励む。

八尋が任されるのは主にパソコンへの打ち込み作業だが、その量は膨大だ。各クラスへの配布物から文化祭のための通知事項、その他にいくらでも仕事がある。

それでなくても文化祭のせいでやることが山積みなのに、通常作業もあるのだから補佐を入れたくなっても仕方ないと、せっせと打ち込みに励んでいた。

ときには授業を休んで仕事を手伝い、六時過ぎまで拘束されて、ようやく八尋は部屋に戻れる。こんな忙しさは文化祭が終わるまでだから我慢もできるが、毎日時間に追われている感じでひどく疲れる。

八尋は部屋に入ってしっかり内カギまでかけてから、鬱陶しい前髪を上げてピンで留め、変装用の眼鏡を外す。

制服を着替えて楽な格好になると、ようやく緊張を解いて息がつける感じだ。

「はー…今日も疲れた」

外では常に緊張を強いられているし、拉致されないようにと周囲を警戒しまくっている。おかげで日々疲労が蓄積していた。

帝人がセフレを全員切ったという話は本当なのか、八尋を睨みつける目の憎悪の度合いが強まったのも疲れる要因だ。

「ご飯…作ろうかな……」

以前は食堂で食べるのと自炊とで半々だったが、今は三食とも自炊である。昼も弁当を作って、教室で食べるようにしている。

食堂は人の出入りが激しいし、危険だ。わざと転んで、熱いうどんやラーメンをかけられてはたまったものではない。嫌がらせと判明できない手を使うのに、人で混み合う食堂は格好の場所である。偶然を装って、いくらでも嫌がらせができる。

幸い上位成績者に入っている八尋の部屋には、立派なキッチンがある。三食自炊しても、なんの不自由もなかった。

それに料理をするのは気分転換になって、リラックスできる。食材を切ったり炒めたりしているうちに、周囲からのプレッシャーを忘れられるのだ。

自分でも食い意地が張っているかもしれないと思うだけあって、作るのにも並々ならぬ情熱を見せる。どうせ食べるなら美味しいほうがいいとレシピをインターネットで調べ、料理の腕が上がってレパートリーが増えていくのは楽しかった。

本日の夕食は、コロッケと春巻。それにキンピラゴボウだ。明日の弁当に詰められるよう、どれも多めに作っている。これらにたっぷりのサラダと味噌汁をつければ、バランス的にも悪くないはずだった。

「明日はヒジキにしようかな～」

何年もアメリカにいたせいか、日本のお惣菜的な料理のほうが好きだ。ハンバーガーやステーキには、もううんざりしている。あちらでは一品一品の量が多く、八尋は一人前を完食できたことがない。

すっかり準備を終え、さぁ食べようかというところで鳴らされたインターホンの音に、八尋は顔をしかめる。

この高校で、八尋の部屋を訪れる人間など滅多にいない。八尋は友人を作ろうとしなかったし、数少ないノーマル仲間は、八尋がファンクラブに睨まれると一切近づかなくなった。

だからこの部屋の来訪者は、歓迎できる人間でないのは確かだ。

とりあえず相手を確かめようと扉に近づき、覗き穴で誰なのか確認して、居留守を使うことにする。

「………」

物音を立てないようにソッと扉から離れようとしたところ、声をかけられた。

「おい、八尋。明かり、漏れてるぞ。いるのは分かってるんだから、ドア開けろ」

「チッ」

八尋は舌打ちすると、しぶしぶ扉を開ける。

「何か用ですか？」

「入れろ」

「嫌です。用があるなら、ここでどうぞ」

「入ーれーろーっ」

「イ・ヤ・です」

「こんなところで押し問答してると、誰かに見られるぞ。俺はいいが、お前はどうかな？」

「……ここ、特別フロアなので、見られる可能性は少ないと思いますが」

「でも、ゼロじゃないだろう。各学年の上位成績者はいるわけだし。ちなみにその中に、俺のファンクラブの幹部も入ってるんだよな」

「……………」

「ついでにそいつ、かなり耳聡いから。グズグズしてると俺の声を聞きつけて、出てくるかもしれないぞ」

「……………」

いつものことながら見事な脅迫に、八尋は思いっきり渋面になる。

非常に忌々しく思いながら、仕方なく場所を開けて中へと促した。

「少し手狭だな」

「………」

八尋の部屋はリビングと寝室に分かれており、ちゃんとしたキッチンまでついている1LDKである。部屋自体の間取りもゆったりとしていて、街中のマンションなんかよりよほど広いはずなのだが、帝人にはこれが狭く感じられるらしい。

いったい生徒会長の部屋はどれだけ広いんだと、少しばかり好奇心をそそられる八尋だった。

靴を脱いでさっさと中に入った帝人は、テーブルの上の夕食に目を留める。

「おっ、旨そう」

そう言って帝人は皿からコロッケを摘み、齧りついた。

「アチッ。揚げたてか、これ。旨いな」

「それ、ボクの夕食なんですけど」

「俺も食うぞ」

「あなたの分はありません」

「どう見ても二人分はあるように見えるが？」

いちいち皿を分けると洗い物が増えるので、明日の分も一緒に載せてしまっている。好きなだけ食べて、残った分を朝食や弁当に回すのだ。

「それは、明日の弁当分です。誰かさんのおかげで、食堂に行けなくなったので」

「また作ればいいだろうが。それか、購買で買うとか」

　そんなことを言いながら帝人は八尋の場所にどっかり座り、すでによそってあった味噌汁を啜《すす》る。

「お、大根の味噌汁か。素朴で旨い」

「………」

　ご飯と味噌汁に関しては疑いようもなく一人分しかないのに、帝人は躊躇することなく食べ始めていた。

「はぁ…この、俺様め」

　遠慮とか気配りといった言葉を知らない男に何を言っても無駄だろうと、八尋は諦めて新たに自分の分のご飯と味噌汁をよそう。

　こういった食器類も含め、台所用品はすべて学校側が備品として用意したものだ。食器も友人と食事できるようにか、四人分ずつ揃っている。

　テーブルに戻って食事を始めた八尋は、コロッケにソースをかけながら帝人に聞く。

「ところで、なんの用で来たんですか？」

「そうだなぁ…親睦を深めるためといったところだ。考えてみると、二人きりで一緒に食事っていうのは最適だな」

「……ふざけてます？」

「いいや。極めて真面目だ」

「……」

口元に笑みは浮かんでいるが、からかっている感じではない。熱心にキンピラを口に運んでいるあたり、しぶしぶ食べているという感じもなかった。

「こんな庶民的な料理は口に合わないんじゃないですか？」

「いや、旨いぞ。見た目は地味だが、メシが旨く感じる。ってことで、お代わり」

「……自分でよそってきてください」

「つれない嫁だな」

「嫁じゃないので」

そこまで甘やかすつもりは、八尋にはない。明日の分の料理を提供するだけでもありがたいと思ってほしかった。

この調子ではおかずだけでなくご飯も足りなくなりそうだから、明日はサンドイッチでも作ろうと考える。冷蔵庫の中にベーコンと卵があった…と算段し、これならなんとかなりそうだと安堵する。

「味噌汁はどこだ？」

「鍋」

「全部食うぞ」

「お好きにどうぞ」

全部もらってもいいかというお伺いじゃなくただの報告だったな…と思いつつ、帝人だからと納得する。むしろ、ことわりを入れただけマシかもしれない。

「これ、全部自分で作ったのか？」

「そうですよ？」

「コロッケとか春巻も？　こんなの、自分で作れるものなのか？」

「慣れればそんなに大変じゃないですけど。中身、似たようなものを使ってますし。春巻の皮とかここのスーパーで売ってるので」

「へぇ。知らなかった」

「そうでしょうねぇ」

お湯を沸かすことすらしないのではないかと、八尋は疑っている。生徒会室で、偉そうにコーヒーを淹れさせせているからだ。

「これはなんていう料理だ？」

先ほどからずいぶん気に入っているらしいキンピラを指差す帝人に、そんなことも知らないのかと苦笑が浮かぶ。

「キンピラゴボウですよ。食堂の和食セットにも入ってるでしょう」

「色と形が違う」

「ああ、ボクはあまり時間をかけられないから、ゴボウもニンジンも細めに切ってるんです。味が染み込みやすいでしょう？　ご飯のおかずにすることを考えて、味付けもわりと濃いめですしね」

「俺はこっちのほうが好きだな。旨い」

「そうですか」

　食堂の料理は品数が多いせいか、全体的に薄めの味付けである。とても美味しいのだが、八尋は少し物足りなく感じていた。

　やはり食べ盛りの体には濃いめのほうが美味しく感じられるのだろうかと思いつつ、八尋もキンピラに箸《はし》を伸ばした。

　この高校に入ってから、誰かと一緒に食事をするのは初めてだ。相手が帝人でも、会話しながらの食事は楽しい。

　そのせいかいつもよりたくさん食べ、食器洗浄機に洗い物をセットしてから急須の中の日本茶を新しいものに変えた。

「お茶のお代わりは？」

「いる」

　やはり遠慮はしないらしい。八尋の指定席にどっかりと座ったまま、手伝おうという気配すらない。

八尋はいい加減慣れたと思いつつ、自分のと帝人の湯呑みにお茶を注ぐ。

「ふうっ……」

食後の一杯は落ち着く…と思いながらお茶を啜っていると、帝人がお茶も飲まずにジッと自分を見つめているのに気がつく。

「……なんですか？」

「いや、近くで見ても真っ黒な瞳だと思ってな。普通の日本人は茶色っぽいものなんだが、八尋のは真っ黒だ」

「母親譲りですから」

「ああ、髪質も同じだったな。顔もよく似ていたし…美人だ。姉弟って言っても通るほど若く見えたのは、そういう家系か？」

「知りません。でも、それを聞いたら喜ぶんじゃないですかね」

「女は若く見えると言われると喜ぶからな。しかし…八尋の母親のほうが日本人形っぽかったな。やっぱり、その目の下の泣きボクロがエロいんだよなー。フェロモン垂れ流しで。お前、これのせいで男に言い寄られる率が大幅にアップしてると思うぞ」

「……むっ。これか？　やっぱり、これなのか？　異常に男受けする原因がこれなら、手術で取ってやる。確か、レーザーで簡単に取れるはず……。あ、でも目の下だし…失明とかそういうの、大丈夫かな……」

八尋はブツブツと呟きながら真剣に検討する。

「おいおい、もったいないことすんな。せっかくのエロポイントだろうが」

「いや、エロポイントなんていらないので。あると迷惑。いっそスッキリ取ったほうが自分のためという気がヒシヒシしますけど」

「お前な……。わざわざ付けボクロまでするやつがいるくらいなんだぞ。贅沢ぬかすな」

「ボクにとってはないほうが人生が楽になるんですよ」

「否定はしないが、もったいないだろうが」

「いや、カケラももったいなくないので」

ホクロがなくなることで男からのナンパが減るなら、取る価値があるというものだ。

すっかりその気になった八尋に、帝人が声のトーンを落として言う。

「あのな、レーザーが目に入ると失明することを知ってるか？　子供がオモチャで失明したっていう記事を読んだことがないのか？　お前のそのホクロは目に近いところにあるから、その分危険度も高いぞ」

「それは…当然医者だって気をつけてくれるだろうし……」

「そりゃあ、気をつけるだろうよ。でも、百パーセント安全な手術なんてないってことは覚えておけ。たかが抜歯のための麻酔だって、拒絶反応で大変なことになる場合があるんだ。病気でもないホクロのために左目が見えなくなったらどうする？」

「こ…怖いこと言うなっ！」

「事実だ。俺は実際に起きたことしか言ってないからな」

「ううっ……」

八尋のやる気が一気に殺がれたのはいうまでもない。

ホクロは取りたい…でも、失明は怖い。医者のちょっとしたミスで取り返しのつかないことになったらどうしようと、八尋はグルグル考え込む。

「八尋、お茶のお代わり」

「……自分でやれ」

八尋の苦悩の原因のくせに呑気なことを言う帝人に、いちいち丁寧な言葉を使っているのがバカバカしく感じる。

どうせ同じ年なんだし、ここまでプライベートに踏み込まれたら、今さら距離を置くためにですます調を使っても無意味という気がした。

「お湯は、ポット。急須は、これ。お茶くらい淹れられるだろ」

「はいはい。お前は？」

「いる」

先ほどとは反対だと思いつつ、意外にも帝人はまめまめしく動いた。ちゃんと茶葉も新しいものに換え、文句を言わずにお茶を淹れたのである。

「ああ、そうだ。八尋に報告があったんだ」

「報告?」

その言葉で思い浮かべたのは、生徒会のことだ。補佐として、何か聞いておかなければいけないことがあるのかと思った。

しかし八尋の想像は見事に外れ、帝人は思いがけないことを口にする。

「幹部連中に、もうお前らとは遊ばないから、他のやつらにもそう伝えるように言った」

「え……?」

「もう、セックスしないって言ったんだよ。メソメソ泣いて縋ってきたけどな」

やはり噂は本当だったのかとか、道理で風当たりがさらにきつくなったわけだなどと考えつつ、八尋に戸惑いが生まれる。

「そんな…どうして……」

「覚悟しろって言っただろう? お前だけじゃなく、俺のほうも覚悟を決めたってわけだ。本気で口説き落とすからな」

「………」

これまでになく真剣な帝人の表情。

目を逸らすことなく断言されて、八尋は不安を覚える。

「顔…か?」

「うん？」

「ボクの顔が気に入ったから、そんなことを……？」

「バカを言うな。顔なんていくらでも作り変えられることを知らないわけじゃないだろう？　そりゃあ、確かに八尋の顔は好みだけどな。俺が気に入ったのは、お前自身だ。生意気で毒舌なところが気に入ったんだよ」

「……毒舌じゃないけど」

事実を事実として言っているだけで、毒舌を吐いているつもりはまったくない。

「いやいや、立派に毒舌だろ。そんなところも、気位の高い猫が威嚇してるみたいで可愛いんだけどな」

「……………」

可愛いと言われることは初めてではないが、それはあくまでも顔についてだ。毒舌が可愛いなんて言われたことはなかった。

「俺は本気なんだよ。それは、疑うな」

「……………」

今までのからかいを込めたセクハラではなく本気で口説くと宣言されて、八尋の中に言い知れない不安が広がる。

帝人の本気は怖い。意志が強く、周りを巻き込むだけの魅力を持ち合わせていると知っているだけに、自分が流されてしまうのではないかと不安だった。

　生徒会の補佐として毎日のように顔を合わせ仕事を手伝っていれば、帝人が鷹司の名前だけで人気があるわけではないと分かる。帝人には、人を惹きつける力があった。

「俺が言った覚悟の意味、分かったか？」

「わ、分かった……」

「それならいい。俺は本気なんだから、八尋も本気で受け止めろよ」

「……」

　希薄な人間関係を望む八尋にとって、帝人の存在は恐怖だ。強引に八尋の中に踏み込み、いつの間にか居座っている。

　イライラして頭にくるが、嫌ではないのが怖い。だからこそ余計に帝人の本気が恐ろしく、同時にそれを喜ぶ自分もいる。

　八尋は理解できない自分の相反する気持ちに大きな戸惑いを覚え、帝人から視線を外せないまま囚《とら》われたように動けなくなった。

★
★
★

いよいよ文化祭が近づいてくると、校内が浮かれた雰囲気になる。話題といえば自分たちのクラスの出し物のことで持ちきりだ。

八尋のクラスの出し物は、メイド喫茶である。かなりの客が見込まれる大人気の出し物で、同じものが二つ以上ある場合は公平にクジ引きで決めるというルールで、十倍以上の競争率の中で勝ち取ったものらしい。

文化祭委員が誇らしげにそう報告し、教室内は拍手喝采だ。

「アホらしい……」

男子校でメイド喫茶なんて気色悪いと思っているのは八尋だけで、クラスのみんなは大喜びだった。特に可愛い系の生徒たちのはしゃぎっぷりは大したもので、自薦他薦でメイド係が決まっていく。

「交代のことを考えると、あともう一人くらいメイド係がほしいですね」

「はい。中神くんがいいと思います」

「はーっ？」

まったくといっていいほど文化祭に関心のない八尋は、窓の外、枝から枝へと飛び移る小鳥の姿をボーッと眺めていた。

自分の名前が挙げられると、眠たげだった目がカッと開く。といっても、長い前髪と眼鏡でそれは見えないのだが、八尋の驚きは大変なものがあった。

「冗談！　なんでボクが」

「中神くんは身長もそれほど高くないし、細身だからメイド服が着られるでしょ」

「そうだよね。適役だよ」

「あとはみんなゴツイから、コスチュームのサイズなさそうだもんね」

「はーい、ボクも賛成」

「俺もー」

「俺も賛成！」

次々に賛成するその顔には、ニヤニヤと嫌な笑いが浮かんでいる。

彼らの狙いはあからさまだ。可愛い系で揃えたメイドたちの中に八尋を交じらせ、恥をかかせようという魂胆だった。

くだらない嫌がらせだが、イジメとして学校側に訴えることはできない類のものである。ロッカーや机のときとは違って、いくらでも言い抜けのできる状況だ。

「それでは、多数の推薦があったということで、中神くんもメイド係に決定です。ドレスはまとめて発注するから、メイド係に決まった人たちはサイズだけ教えてください」

た。

「はーい」

多数決には敵わず、八尋のメイド係は決定となる。黒板にも、しっかり名前を書かれてしまった。

八尋は忌々しげに舌打ちをし、きっと見にくるだろう両親のことを思って頭を抱える。

文化祭に来られるのは招待客のみだ。生徒一人につき、三枚の招待券がもらえることになっていた。それ以上欲しいときは、その理由を明記して生徒会に提出する。セキュリティーの問題から、ちゃんと裏づけも取ることになっていた。

八尋の招待券はまとめて両親の元に送付ずみだが、こんなことならなんだかんだと理由をつけて捨ててしまえば良かったと後悔する。

どうにかして両親を来させないようにできないものかと、延々頭を痛めることになる八尋だった。

結局、妙案は思い浮かばず、その日、いつにも増して八尋は不機嫌だった。顔が半分隠れている状態だから分かりにくいが、全身からピリピリした雰囲気が漂っている。

役員たちにもそれは伝わるようで、誰もが腰が引けた状態で仕事を頼んでくる。

それでも、帝人だけは別だ。八尋の不機嫌には気がついているだろうに、まったく気にする様子はない。思いっきり八尋の痛いところを突いてくる点もさすがだった。

「お前んとこのクラス、メイド喫茶だってな」

「そうだけど？　すごい倍率の中を勝ち取ったって、文化祭委員が威張ってたから。……迷惑な」

「迷惑？　ってことはお前、まさか……」

「ああ、そう。おかげさまで接待係だよ。可愛い系に交じって、恥をかけという意図でね。まったくもって、くだらない」

「やつら、手を出しあぐねてるからな。まぁ、眼鏡を取って前髪を上げりゃ、恥かくこともないだろ」

「え？　八尋くんのそれって、やっぱり変装？」

帝人の言葉を聞き咎めて、渚が目をキラキラさせる。

「やっぱりってなんですか？」

「んー…だって、面食いの帝人がかまい倒してるじゃない？　よくよく見ると鼻筋通ってるし、唇もポテッとして可愛いし、輪郭だって綺麗でしょ。眼鏡と前髪とソバカスの印象が強すぎるから分からないだけで、見えてるパーツは整ってるんだよねぇ」

「………」

いつも落ち着きなくはしゃいでいるから分かりにくいが、渚は意外と目端が利く。勘も鋭いらしく、趣味でやっている株でガンガン貯金を増やしていると言っていた。

だが、まさか自分のことをそんなふうに分析しているとは思わなかった八尋は、顔をしかめるだけで特にコメントすることはなかった。

「ボクは、そんな八尋ちゃんの顔がものすごーく気になる。だから八尋ちゃん、前髪上げて、目、見せて♡」

「嫌です」

「そんなこと言わずに」

「嫌なものは嫌です。無理強いするなら、ボクにも考えがありますよ」

「考え？」

「このパソコンの中身、すべて消します。ハードごと初期化します。全部をディスクにコピーしてるわけじゃないでしょう？」

「うっ…そんなことされたら、ものすごーく困るんだけど」

「だからやるんですよ」

毎日仕事を手伝っているのだから、データが消えたら大変なことになるのは分かっている。今やほとんどの打ち込み作業は八尋に任され、八尋は打ち終わったすべてのデータをディスクにコピーしているが、渚はそのことを知らないから立派に脅迫の材料になる。

「もちろんボクは、もう仕事を手伝いませんよ。打ち込み作業は各々でがんばってください」

「そ、そんなの無理～。タイピング、八尋ちゃんより速い人間いないし、みんなすでに手いっぱい仕事を抱えてるし……。何より八尋ちゃんが手伝ってくれなくなったら、生徒会の業務がパンクしちゃうよ」

「だったら、ボクの顔を見ようなんて思わないでください。ボクは、見せたくないんです」

「ううっ、分かった……」

「人の嫌がることをするのはやめましょうね」

「はーい…ごめんなさい」

「よろしい」

　素直に謝る渚に、八尋はにっこりと微笑む。

「あ…なんか、可愛い……」

「……気のせいです」

「気のせいじゃないよ～。八尋ちゃんが笑ったとき、なんかこう…フワーッて可愛かった」

「気のせいですってば」

「ちーがーうーっ。絶対、絶対、可愛かった」

　やっぱりデータを消してやろうかと思ったところで、帝人が八尋を抱き寄せながら渚をジロリと睨みつける。

「渚、俺の八尋に可愛いとか言うな」

「はっ？」

「えーっ。帝人ってば、独占欲？　可愛いくらい、言ってもいいでしょ」

「ダメだ。こいつに可愛いって言っていいのは、俺だけなんだよ」

「わーお。すっごい独占欲。帝人ってば、本当にやきもち焼きだねぇ。八尋ちゃん、大変だぁ」

「……………」

こんなやり取りも、初めてのことではない。口説き落とすと宣言されてからというもの、帝人は事あるごとにこういった発言をしては八尋を困惑させる。

男から口説かれることには慣れているはずなのに、一回テリトリーに入れてしまった帝人からの言葉にはどう返していいか分からなかった。

「あ、あの……」

「うん?」

「放して…ほしいんだけど」

「嫌だね」

「……………」

帝人のほうも心得ていて、うまい具合に八尋の腕を巻き込んで抱きしめ、叩き落とせないようにしている。

まさか暴れるわけにもいかないし、今にもキスされそうな距離に帝人の顔があって、八尋は身動きがとれずに硬直してしまった。

「やーん、八尋ちゃん、可愛い。なんか、このところ帝人と仲いいよね〜。よそよそしい喋り方もしなくなったし。何かあったの？」

「何もありません！」

「ムキになるところが怪しいし～。ま、親も認めた婚約者同士だったら、何かあっても当然だけど」

「婚約してませんからっ」

「はいはい。ボク、紅茶淹れようっと。今日のお茶菓子は料理部が差し入れてくれた濃厚チーズケーキでーす♪」

「………」

人の話をちゃんと聞かないのがこの生徒会の特徴かと、八尋は顔をしかめる。しかもそのうえ、帝人はいっこうに八尋を放してはくれず、器用に拘束したままの帝人にチーズケーキを食べさせられるという羞恥プレイまでされたのである。

さすがに暴れて嫌がった八尋だが、力の差は歴然だ。もがいてももがいても腕一本の拘束に敵わず、グッタリと疲れきったところにグイグイ口の中へケーキを押し込まれることになった。

ものすごく、恥ずかしい。

しかし帝人の八尋に対するかまい方が今までとは違うのには役員たちも慣れっこで、婚約なんて衝撃的な言葉を聞いているせいかあまり気にもしてくれない。

もちろん八尋も変に囃《はや》し立てられるよりそのほうがありがたいのだが、こんなことをされるのを当然のように微笑ましく見つめられるとなんとも困ってしまう。

「ううっ……」

「なんだ？　喉が渇いたのか？　ほら、紅茶だ」

「……」

今度は目の前に紅茶の入ったカップが差し出され、忌々《いまいま》しげにそれを睨みつけていると帝人が楽しそうに言う。

「暴れると、零れるぞ。まだ熱いから、服にかかったらすぐに脱がないと火傷するなぁ。ああ、もちろん、もしそうなっても親切な俺様が脱がせてやるから安心しろ」

「……」

これは紛れもない脅迫だ。その証拠に、目がやってみろとばかりに面白がっている。

少しでも零したら嬉々として脱がされてしまうと理解した八尋は、ガックリと肩を落としておとなしく目の前のカップに口をつける。

こんなときでも渚の淹れた紅茶は絶品で、美味しく感じられるのが無性に悲しかった。

最初に八尋の作った料理を食べてからというもの、帝人は毎日夕食の時間になるとやってくる。

初めのうちは部屋に入れるのを警戒し、帝人の分はないと追い返そうとした八尋も、毎回まったく聞かずに部屋に入り込み、勝手に食べ始める帝人に諦めを感じ、今ではちゃんと二人分用意するようになっている。

この日のメニューはハンバーグと温野菜の付け合わせ、それにレンコンの甘辛炒めだ。唐辛子をたっぷり利かせてゴマを振りかけたこれを、帝人はとても気に入っている。弁当にも入れやすいので、よく作る一品だった。

すっかり料理が趣味になったこの頃ではお新香にも凝っていて、いろいろな浅漬けを作ってはポリポリと食べている。そんなものには縁のなさそうな帝人まで嬉しそうに頬張っていて、さすがに寮で糠《ぬか》漬《づ》けはやりすぎだろうかと思案しているところだ。

「うん、旨い。お前の作る料理、不思議と毎日食っても飽きがこないな」

「ボクが作るのはお惣菜だから。いわゆる家庭料理っていうやつ。うちは母がいまだに時間のあるときはこういう料理を作ってくれるし、基本的にこういうのが好きなんだよね」

「メシが旨く感じるのが特徴か？　俺、食堂で食ってるときにお代わりなんかしたことないが、ここじゃ二杯以上が基本だもんな。この浅漬けがまた……」

「それ、セロリとナス。サラダに入れたセロリが余ったから、浅漬けにしてみた。うーん…でも、やっぱり糠漬けも欲しいなぁ」

「糠漬け？　なんだ、それ」

「……………」

その言葉で、帝人が糠漬けを知らないのだと分かる。確かにこの高校のお坊ちゃまたちは、そんな庶民的なものは口にすることはおろか、目にしたことすらないのかもしれない。

「……米を精米するときに出る糠で漬けた漬物のこと」

「へぇ。旨いのか？」

「ちょっとクセがあるけど、ボクは好きだよ。おばあちゃんから分けてもらった糠で、母が漬けてたから」

元お嬢様で何もできなかった母に、家事一切を教えたのは父方の祖母だ。そのせいか、母の作る料理は和風の惣菜が多い。糠床もとても大切にしていて、東京の家にあるが留守にするときは家政婦に管理をしっかり頼んでいるらしい。

「いいな、それ。ぜひ、やってみてくれ。料理上手で家庭的な妻か…なぁ、八尋。俺の嫁になる気になったか？」

「……………」

いつものニヤニヤ笑いではなく、真顔でそんなことを言う帝人に、八尋は警戒の視線を向ける。

「……それ、本気で言ってる？」

「もちろんだ」

「どうして？　顔が好みだから？　目元のホクロが色っぽいから？　エロいって、お気に入りだもんね、これ」

　自嘲するような表情で言う八尋に、帝人は苦笑を浮かべる。

「お前、本当に自分の顔にコンプレックスを持ってるんだな」

「コンプレックス？」

「お前のそれは、立派にコンプレックスだろう。男受けが良すぎてつらいことが多かったから、自分の顔が嫌いになってる」

「そう…かもしれない……。だってボクは、一目惚れなんて信じない。ボクの顔を見て、好きですとか言われても信じられない」

「言っておくけど、俺はお前に一目惚れなんてしてないからな。そりゃあ、やけに綺麗な顔をしてるとは思ったが、それで惚れたわけじゃない。最初は両親が、何をトチ狂って男の婚約者を連れてきたのか、面白がってただけだ」

「……知ってる。お前、めちゃくちゃ感じ悪かった」

「あんなに愛想良くしてたのにか？」

「あれを愛想良くと言うほうがおかしい。ボクは、バカにされ、からかわれているとしか思えなかった」

「からかいはしたが、バカにはしてないぞ。純粋に、あの母親が気に入ったっていうやつを見てみたかったんだよ。外面はいいが、好き嫌いの激しいババアだからな」

その言葉に、八尋は首を傾げる。

「ただのミセスマリーのときも、すごく明るくて公平な人だと思ったけど？　誰にでも平等に接する人じゃない？」

「そりゃ、そう接するさ。そういう立場の人間だ。心の中でどう思っていようと、それを顔に出すほど浅慮じゃないからな。でも、だからって好き嫌いがないかというと反対で、うちの母親が気に入っている人間なんて、ほんの一握りしかいない。実際、お前の姉や妹は好きじゃないんだろう。もし気に入ったのなら、八尋じゃなくお前の姉か妹を連れてくるはずだからな」

「……ボランティアで、二回か三回しか会ったことないのに」

「人となりを見るには充分だったんだろ。見る目はある女だから。だてに鷹司の総師夫人はやってない」

「だからって……。帝人が言ったとおり、ボクは自分に自信がない。顔だけ見て好きだって言われてきたから、この顔も嫌いだし……。どうしてミセスマリーが…鷹司夫人がボクを気に入ってくれたのか、ちっとも分からない」

「意外と、自分のことは分からないものだからな。お前は、可愛いよ。顔だけじゃなく、全部がな。渚も、鬱陶しい前髪と眼鏡で顔を隠した八尋を見て、笑ったところが可愛いって言ってただろうが。お前と触れ合ってみれば、お前が可愛いことなんて分かるんだよ。これは、顔じゃなくて態度とか、ちょっとした仕種とか、そういうことだぞ」

「……」

「俺も、気に入ったのはお前自身だって、何度も言ってるだろうが。俺に盾突くやつなんて他にいないし、一緒にいて飽きないからな。重要だろう？」

「ボクは暇潰しのオモチャ？」

「バカ言うな。オモチャを嫁にしようっていう男がどこにいる。俺はな、純粋にお前が気に入ったんだよ。見ていて可愛い、一緒にいて楽しいっていうのは重要なポイントだ。それに何よりお前は、鷹司に呑み込まれなさそうだからな」

「鷹司に……？」

「ああ。鷹司の名前が重いのは、お前にも分かるだろう？　金と権力は人間を変えるからな。宝の持ち腐れにせず、かといって振り回されない人間じゃないと、鷹司の名前を名乗らせるわけにはいかない。鷹司の下に生まれたというだけで驕《おご》ったやつらが、これまでに何人廃嫡になったか知ったら驚くぞ」

「ボクだって、そんなふうになるかもしれないし。たとえば、うざったいファンクラブの連中を片っ端から潰していくとか」

「お前、そんな面倒なことするか？　しないと思うけどな。実害があれば容赦なく断罪するだろうが、害がなきゃ気にもしないだろう？　でなきゃ、全校生徒に睨まれている状態で平然とここにいられないよな？　普通、怖気づいて自主退学するような状況だぞ」

「ボクは悪くないのに、なんで自主退学？　絶対、ごめんだ。退学するときは、やつらも道連れにしてやる」

フンッと鼻息も荒く言う八尋を、帝人は目元を緩ませて見つめる。

「ほらな。そういうところがいいんだよ。いくら綺麗で可愛くても、ただ守られるだけのお人形なんて欲しくないからな。俺が欲しいのはお前だよ、八尋」

「……………」

熱っぽい口調とともに熱い眼差しを向けられて、これは確かに口説かれているのだろうと八尋でさえ分かる。

「お前は？　俺が、欲しくないか？」

「あ……」

呑まれる…と感じたのは、きっとただの気のせいではないはずだ。

百戦錬磨の帝人に八尋が敵うはずもなく、帝人の瞳に見とれているうちに顔が近づき、キスされるのだと分かった。

八尋はソッと目を瞑《つぶ》り、帝人のキスを受け入れる。

「――――」

優しい、キス。

こういったことには嫌な記憶ばかりある八尋を怯えさせないようにか、触れ合わせ、ぬくもりを交換するだけで離れていった。

「……………」

再び目を開けた八尋は、そこに帝人の優しげな目を見つける。

今回のキスは、今までとは違って不意打ちではない。八尋自らが望んでしたのではないものの、消極的にとはいえ自分の意思で受け入れたのは確かだ。

――自分が変わりつつあるのだと、認めないわけにはいかなかった。

★
★
★

忙しいと、時間は飛ぶように過ぎていく。

文化祭が近づくにつれ生徒会の仕事は加速度的に増え、毎日のように持ち込まれる苦情やトラブルの仲裁にも時間を取られるようになる。

数少ない役員たちは誰もが奔走し、八尋もたびたび夜の九時、十時まで生徒会室に残って手伝うことを余儀なくさせられた。

こういった忙しい時期には特別に食堂からの配達サービスがあるとかで、久しぶりにプロの作る料理を堪能できたりもして、ちょっと嬉しかったのは確かだ。何よりこういったお祭りの忙しさというのは、どんなに大変でもどこか楽しい。これまでこういったこととは一線を画してきた八尋にとって、とても新鮮だった。

生徒会長の帝人は中でも一番忙しく、ときには会長室に泊り込みになることもあるという。それでも夜遅くに八尋が一人で寮に戻るのは危険すぎると、わざわざ送るためだけについてきてくれた。

キスは、毎回するわけではない。そのときどきによってしたりしなかったりで、ただのおやすみのキスではないのだと知らしめる。

臆病な八尋に合わせて、少しずつ長く、少しずつしっとりとしたものに変化しているのが帝人の狡猾《こうかつ》さかもしれない。

気がつけば八尋は舌を絡めることを教えられ、オズオズとではあるが慣れていった。そして、いつの間にかそんなキスを心待ちにしている自分に気がつく。

帝人とはまだ何も決めていないのに、ゆっくりと…だが確実に二人のキスは深まっていた。


そして、ようやく迎えた文化祭当日。

文化の日にたった一日だけ行われる名門男子校の文化祭は、招待券を手にした外部の人間で大いに賑わっていた。

校内で唯一のメイド喫茶は思ったとおり大盛況で、一組につき三十分という短い制限時間を設けたにもかかわらず、廊下に順番待ちの行列ができている。

変装を解かないままメイド姿になった八尋は、当然のことながら客に不評だ。八尋がテーブルにつくと、一様に嫌そうな顔をする。

「オ帰リナサイマセ、ゴシュジンサマ」

（アホくさ……）

この日、何度目になるか分からない言葉を胸のうちで呟く。

レースとフリルで飾られた内装の趣味の悪さにも、フリルのついたカチューシャやエナメルの靴まで手配した文化祭委員にもうんざりする。

特にこのドレスは最悪だ。膨らんだ袖は鬱陶しいし、必要以上に短いスカートも納得できない。リボンのついたオーバーニーソックスを履かされた八尋を見て、同じメイド係が憎たらしい口調で「ふーん。足だけは見られるんだ」と言ったのも忌々しかった。

可愛らしさと無邪気な色っぽさを強調したこの格好は、ベッタリと長い前髪と野暮ったい眼鏡の八尋にはひどい違和感があった。

しかしこの姿で良かったと思うのは、八尋が思いっきり棒読みでも、愛想のカケラもない態度をしていても、誰も文句を言わないことだ。どうやら客のほうも、こんな姿の八尋に愛嬌を振りまかれたくなかったらしい。注文だけして、あとは忙しそうに立ち働く他のメイドたちを、鼻の下を長くして眺めていた。

だから八尋は客たちの横で、話しかけるでもなくボーッとしているだけである。客のほうが八尋に話しかけられることを望まないのだから、楽でいい。

他のメイドたちといえば一秒たりとも休むことなく愛嬌を振りまき、せっせと接客に励んでいるのである。

メイドたちのほうも積極的に立候補しただけあって、楽しそうにチヤホヤされている。八尋が客にまったく相手にされていないのが嬉しくて仕方ないらしく、事あるごとに優越感に満ちた視線を向けられた。

「やっほー、八尋くん」

「……宮内さん」

「ご主人様でしょ、ご主人様。いいよね～、ご主人様。萌え～って感じ？　なんか嬉しくて、八尋くん指名しちゃった♡」

「可愛いメイドが山ほどいるのに、わざわざボクを指名したりしないでください。そもそも指名制じゃないでしょう」

「まぁ、そこは生徒会の特権ってことで。順番も前にしてもらったしねー。ボクたちは忙しいから、そのあたりの融通は利かせてもらえるんだ」

「……迷惑な」

「ダメでしょう、可愛いメイドさんがそんな口きいたら。もっとメイドっぽく喋ってもらわないと。っていっても、うちのメイドはご主人様とか言わないけどねー」

「そうですよね？　おかしいですよね、ここのメイド」

同意を求める八尋に、会計の高見はプルプルと首を横に振る。

「本物のメイドとしてはおかしいけど、メイド喫茶のメイドとしては正しいと思います。テレビで見たんだけど、なんかモエモエしてましたよ」

「モエモエ……?」

それっていったいなんなのかと、八尋は首を傾げる。

「あっ、それ。モエモエな感じ」

「理解できません」

「こういうのって、ニュアンスだからねー。感性で感じ取らないと」

「そんなこと、感じ取らなくて結構という気がするんですけど」

「ダメじゃん。それじゃ、立派なモエモエメイドになれないよー」

「なりたくないのでかまいません」

「あ、分かった。ツンデレだね。ツンデレメイド〜。そっか、納得」

「……そんなわけの分からない言葉で納得されても……。ボクはまったく理解できないんですけど」

「いいんだよ、ツンデレだもん。考えてみたら、八尋ちゃんはツンデレにピッタリだよねー」

ツンデレツンデレと連呼する渚に戸惑いを感じるが、彼が突拍子もない発言をするのはいつものことだ。気にしないに限ると、聞き流すことにした。

そのとき、キャーッという嬉しそうな声が聞こえてくる。

「渚〜。仕事、サボるんじゃねぇ」

「……出たな、エロ会長」

　帝人の出現には必ずと言っていいほど黄色い歓声がついてくるので、わざわざ振り向かなくても誰だか分かる。

「八尋のメイド姿をしっかり見ておかないとな。思ってたより、可愛いじゃないか」

「目、腐ってるから。どこからどう見ても、可愛いという言葉からはほど遠いって」

「おいおい、メイドがそんな言葉遣いでいいのか？　まずいだろ」

「……オ帰リナサイマセ、ゴシュジンサマ」

「えらく棒読みだが、まぁいいか。コーヒー一つな」

「カシコマリマシタ、ゴシュジンサマ」

「ボクは、ケーキセット〜。紅茶…はまずそうだから、コーヒーでいいや。あ、ミルクたっぷりね」

「カシコマリマシタ、ゴシュジンサマ」

　帝人の出現に誰もが耳をそばだてている状態だから、八尋がバックヤードに行ったときにはすでに注文の品が用意されていた。

「なんで、お前なんかに鷹司様がっ」

「それは本人に聞いて」

　今の自分の立場がひどく羨まれ、妬まれているのは知っているが、そんなことで憎まれても困る。

八尋は溜め息を漏らしつつ用意されていたトレイを手に持ち、自分が担当しているテーブルへと戻った。

「オ待タセシマシタ、ゴシュジンサマ」

テーブルの上に持ってきたコーヒーを置いて、帝人の隣に控える。

しかし帝人はそんな八尋の体をヒョイと持ち上げ、膝の上に乗せた。

教室のあちこちから悲鳴が聞こえ、ついでに「引っ込め、不細工」とか、「キモいんだよ、不気味くん」とか、「鷹司様が汚れる〜」といった言葉が聞こえる。

誰が見ても帝人が無理やり膝に乗せたのに、責められるのは理不尽だと思う。

「……セクハラデス、ゴシュジンサマ」

「真面目に仕事をしているメイドを労《いたわ》ってるんだ。朝から働きっぱなしで疲れたんじゃないか？」

そんなことを言いながら、サワサワと足やら腰やらを撫で回す。

「モノスゴク、セクハラデス、ゴシュジンサマ」

「労《ねぎら》い、労い」

「セクハラデ、パワハラノ、最低最悪人間デスカ、ゴシュジンサマ」

「……お前な、最後にご主人様をつければいいと思ってないか？」

「思ッテマス」

「いやいや、間違ってるだろ、それ。メイド喫茶のメイドは、もっとこう…ニャンニャンしてるものじゃないのか?」

「ニャンニャン……?」

また理解できない言葉が出てきた。モエモエとかニャンニャンとか、八尋にはまったく理解不能だ。

「意味分からないし……」

「まぁ、要はもっとはしゃいだ感じにしろってことだ。テレビで見たことないのか?」

「興味ないし」

「せっかくメイドになってるんだから、ちゃんと勉強しとけ。もっとも、あれを見ても真似できるとは思えないけどな。どう考えても八尋には無理だ」

渚がそこで、自分の番だとばかりに目をキラキラさせて言う。

「分かってないな、帝人ってば。八尋ちゃんは、ツンデレだよ、ツンデレ。このメイド喫茶唯一の、ツンデレメイド。そう考えれば、この不機嫌な感じもモエ～じゃない?」

「ああ、ツンデレか。なるほど。お前、マニアックなところを狙ったなー。ニャンニャンは無理でも、ツンデレならできそうだもんな」

「……だから、ツンデレって何?」

「それも知らないのか?」

呆れたように聞かれ、八尋はムッとする。

アメリカで三年間を過ごす間、日本の情報はあまり入ってこなかった。日本に戻ってからは山の中の高校生活だし、テレビだって興味があるものしか見ないのだから、八尋の知識にはかなりの偏りがあるのは確かだ。

「知らないと問題でも？　生きていくうえで必要？　それを知らないと、進級できない？　路頭に迷う？」

「分かった、分かった。そう怒るなって」

「怒ってない」

ムスッと口をへの字にして言うのだから我ながら説得力がないと思いつつ、これは怒ってるんじゃなくてただ少々機嫌が良くないだけだと自分に言い訳をする。

帝人が楽しそうにクックッと笑うことでますます八尋の機嫌は悪くなったが、帝人はそれすらも楽しそうである。

「そんな格好で拗《す》ねても、可愛く見えるだけだぞ」

「むむっ」

この、違和感がありまくりの格好をした八尋にそんなことを言うのは帝人だけだ。八尋本人でさえ、変だと思っているのだから。

「……帝人は、趣味がおかしい……」

「俺はよく、趣味がいいって言われるけどな」

「絶対、おかしい」

首を振って断言しながらも、さんざんキモいだのなんだの言われただけに、少し嬉しいのは確かだ。

「いいや、俺の趣味は確かだね。お前は、可愛い」

「…………」

本気の瞳でそんなことを言われ、八尋は顔を赤くして俯く。帝人の甘ったるい言葉に周囲がどよめいたが、顔を上げることはできなかった。

そのとき、帝人のブレザーのポケットから呼び出し音が鳴り、帝人は顔をしかめる。

「ああ、クソッ。呼び出しだ。もう、行かねぇと。また誰か問題を起こしやがったな」

「会長さんは大変だねー。ボクはもうちょっと八尋ちゃんとお喋りする〜。ツンデレ楽しいよ」

「バカ言え。俺だけに働かす気か？　お前も来い」

そう言って帝人はしぶしぶといった様子で膝の上から八尋を下ろし、代わりに椅子にしがみついている渚を引っこ抜くようにして小脇に抱える。

「ひどいっ！」

「うるせー」

渚は三年生で、帝人は二年生。前々から思っていたことだが、生徒会では年齢による上下関係よりも、生徒会長の権限のほうが強いらしい。

「いーやーだーっ」

「やかましい」

「人攫《さら》い～」

「黙れ」

二人はそんなことを言い合いながら、恐ろしく賑やかに退場する。

渚が来てからまだ三十分も経っていないはずなのに、激しい疲労を覚える八尋だった。


いつまで経っても列は短くならず、もらえるはずだった休憩は取り消された。あまりの盛況ぶりに、急遽テーブルを増やしたからメイドの数が足りなくなったのである。

もっとも休憩なしはクラス全員に言えることで、メイドだけでなく裏方もケーキやジュースを補充したり、次から次へと出る洗い物などで大忙しだ。

昼食代わりに客用のサンドイッチやクッキーを摘み、すぐにまた接客に回される。

八尋は最初に注文を聞いて品物を運べばあとはボーッとするだけだが、朝からずっと愛嬌を振りまき続けている他のメイドたちは相当疲れているはずだった。

(……ちょっと見直した……)

好きで立候補したとはいえ、大したものだと思う。一番楽をしている八尋などは、もう先ほどから疲れて疲れて仕方なかった。

(……帰りたい……眠い……)

そもそもこの文化祭のせいで、補佐の八尋までずいぶん根を詰めさせられた。クラスの準備には一切かかわっていないが、部屋に戻ったら風呂に入って寝るだけという日が何日も続いたのである。

こんなところでボーッとしているなら部屋に戻って寝たいと思うのも当然で、早く文化祭が終わらないかと考えていた。

制限時間の三十分が来て、八尋は抑揚のない口調で客を送り出す。

ハーッと溜め息をついて自分のテーブルに戻ってみると、帝人の母が案内されて座っていた。

「八尋くん、八尋くん、こっち、ここに来てちょうだい」

パンパンと椅子を叩いてはしゃぐ様子は、とても鷹司家の総帥夫人とは思えない。

八尋は苦笑しつつも、おとなしく指定された場所に座った。

「オ帰リナサイマセ、ゴシュジンサマ」

言えと厳命されている言葉を、思いっきり棒読みする。

「あら、素敵。お帰りなさいなのね。これが萌えっていうものなの？ それにそのドレス、とても可愛らしいわ。私も八尋くんに似合いそうなのをいくつか作らせようかしら」

「イエ、結構デス、ゴシュジンサマ」

「遠慮しなくていいのよ。うちはゴツイ男の子ばかりで潤いがないから、八尋くんがお嫁に来るのが楽しみだわ」

「ナ、ナニヲ言イダサレルノデスカ、ゴシュジンサマ。ボクハ嫁ニナド行キマセンカラ」

「あら、お母様に聞いていないの？　帝人も賛成してくれたし、この前正式に文書で婚約させちゃった♡」

その言葉に八尋はギョッとし、メイドごっこなんかしている場合ではないと目を吊り上げる。

両親が、八尋の意思を確認もせずにそんなことをしたとは信じられなかった。

「……させちゃったって……。本人が、思いっきり拒否してますけど。ボク、絶対に嫌だって言いましたよね!?」

「帝人が、あれは口だけだって言っていたけど？　今は一緒に生徒会の仕事をしたり、八尋くんにお食事を作ってもらったりして、仲良くしているのよね？」

「それは……」

脅迫から始まったが、生徒会の仕事を手伝うことも、帝人と一緒に夕食を食べることも、今は嫌ではない。この高校に入学してから一年半、ほとんど誰とも口をきかない生活を送っていたため、人恋しい気持ちが募っていたようだ。誰かと話しながら作業をし、食事をともにする…それはごくごく普通で、そして幸せなことだった。

それに…なぜか今は、キスも交わしている。

「うまくいっているんでしょう？」

「………」

にっこりと微笑みながらの問いかけに、なんと答えていいか分からない。自分でも、自分たちがどうなっているのかよく分からないのだった。

「私たちは、無理強いをするつもりはないのよ。すべてはあなたたちしだい。でも、帝人は強引だけれどウソをついたりはしないから、うまくいっているという言葉を信じたの。実際に八尋ちゃんに会ってみて、雰囲気が変わっているのにも気がついたわ」

「……雰囲気、変わってますか？」

「ええ。少し、やわらかくなっているわね。ピリピリした感じが抜けている気がするのよ。羽を休める場所が見つかったのかしらね？」

「………」

「時間はまだまだあるのだから、ゆっくり関係を構築していけばいいわ。帝人もそのつもりでいるでしょうし。そのくせ帝人のほうから婚約の話を持ち出したところに、八尋ちゃんを他の人に取られないためっていう焦りが感じられるのよね」

茉莉花は楽しそうにクスクス笑う。

「帝人のペースに巻き込まれず、ゆっくり考えてちょうだい。でも、逃げないであげてね。帝人からも、自分からも」

「……」

真剣なその瞳は、帝人にそっくりだ。八尋は帝人に見つめられているような気分になりながら、はいと頷くしかできなかった。

「それじゃ、この話はこれで終わり。このお店のお勧めは何かしら？」

「ええっと…ケーキセットが人気あるみたいです。なんとかいう有名店のケーキを、特別に回してもらってるとかで」

「じゃあ、それをお願い」

「はい」

「あら、ご主人様はどこに行ったの？」

「タダイマオ持チシマス、ゴシュジンサマ」

「途端に棒読みになるんだから。ふふっ、可愛いったらないわね」

「……」

なんて趣味の悪い親子だと内心で呟き、二人の発言に血の繋がりというものを感じる。

バックヤードに行ってみればやはりすでに支度は整っていて、帝人の母の言葉を聞いているせいか妙な緊迫感が漂っている。

けれど今回は嫌味を言われることもなく、八尋は茉莉花のところに戻ることができた。

「オ待タセイタシマシタ、ゴシュジンサマ」

「あら、美味しそう。メイドちゃん、ご主人様にアーンしてちょうだい♡」

「……………」

とんでもない注文に八尋は動揺するが、他のテーブルではさんざんそんなような光景が見られた気がする。

「早く、早く」

強引なのはきっと血筋だ。帝人の母もきっと息子と同じように八尋の拒否など聞かず、自分の思うようにするに違いない。

（……抵抗するの、面倒くさい）

八尋は心の中で白旗を掲げ、フォークを手に取った。

鷹司夫人の存在に、周りの生徒たちは興味津々だ。メイドも客も、その場に居合わせたすべての人間が、何げなさを装いつつ夫人と八尋の会話に聞き耳を立てている。

キャッキャッとはしゃぐ茉莉花との三十分は恐ろしく動揺させられ、かつてないほど長く感じられた。

ようやく送り出したときには精も根も尽き果て、八尋はヨロヨロしながらバックヤードへと回る。

ここにはわずかながら椅子があって休憩できるようになっているので、その椅子に倒れ込むようにして座り、ハーッと大きな溜め息を漏らした。

「つ…疲れた……」

できることならこのまま寮に戻って、心行くまで眠りを貪りたいと願う。どうせ八尋が接客についても誰も喜ばないんだし、売り上げを増やすためにはいないほうがいいんじゃないかとすら思う。

どうにかして抜け出せないだろうかと考えていると、手元に影が落ちたのに気がついた。ふと顔を上げてみると、妙に表情のないメイド姿のクラスメートがいた。

「……帝人様との婚約って何?」

「べつに……」

「さっき、鷹司夫人がそう言ってたよね？　正式に、文書で婚約したって。なんでお前が会長と婚約なんてするわけ?」

「………」

キャンキャンと吠え立てないのが逆に不気味だ。レースとフリルで飾られた暗幕の向こうに客がいるからかもしれないが、今までだったらこんなに冷静ではなかったと思う。

うるさく喚かれるよりは全然マシかと思いつつ、八尋は返す言葉に窮した。

「それについては…言いたくない」

「ふーん…答えないんだ」

「個人的なことだから」

「生意気。ホント、可愛くない」

「……………」

あくまでも淡々とそんなことを言うのが不気味だ。いっそ感情的になってくれていたほうが安心できるかもしれない。

「おい、中神」

いつの間にかすぐ後ろに誰かが立っていた。反射的に振り返ろうとした八尋の首筋にスタンガンが押しつけられ、電流が走る。

「うっ……！」

しまったと思うのと、意識が遠くなるのはほぼ同時だった。


人も物もたくさん行き交う文化祭では、大きなダンボール箱を台車で運ぶ姿も珍しくない。たとえその中に人間が入っていても、そうと疑う者は皆無だ。

八尋は後ろ手に縛られ、気絶したまま講堂の横にある倉庫へと運ばれる。

ここには予備の椅子や暗幕などが置いてあって、文化祭の今なら人が出入りしていてもおかしく思われない場所だった。

おまけに人けもないし、悪事をするには絶好の場所といえる。

中には連絡を受けた帝人のファンクラブの幹部たちがすでに待ち構えていて、八尋は乱暴に箱の中から引きずり出される。

ホコリっぽい床に体を打ちつけ、痛みに「うっ」と呻くと、頭から水をかけられて一気に覚醒した。

「な…何……？」

「目、覚めた？　呑気に気絶してる場合じゃないんだよ」

「………」

見たことのある顔ぶれに、八尋の眉がひそめられる。

要注意人物として避けてきた面々だ。八尋は周囲を見回して自分がいる場所を確認すると、置かれた状況のひどさに顔色を悪くする。

「………」

文化祭は人の動きが活発だから、警戒しなければいけないと思っていた。しかしまさか、すぐ近くに外部からの客がいる場所でスタンガンを食らわされるとは思わなかった。

「お前ってば、本当に用心深くて可愛くないやつだよね。ずっと、防犯カメラから外れないように行動してたでしょ。おかげで手が出せなくて、イライラさせられたよ」

「まったく。うちの高校、あちこちにカメラを取り付けすぎなんだよ。先輩たちがやりすぎたから、教室の中にまでセットしちゃってさ」

「暗幕でカメラの死角を作って、ダンボールに入れて運ぶってすごくいい手だと思わない？お前のクラスの子たちも協力してくれて、ようやくうまくいったんだよね」

「捕まえちゃえば、こっちのものだもん。ボクたちのやり方、知ってるでしょ？」

「……」

暴行と、レイプ。一部始終を収めたビデオを使っての脅迫。帝人のファンクラブの幹部の他に、体格のいい男たちが三人いることに八尋は気がついていた。

「帝人様がボクたちを愛してくれなくなったのは、お前のせい？」

「お前みたいな不細工が、どうして帝人様のお側にいられるんだよ。いったい、どうやって取り入ったんだ？」

「帝人様がお前なんか気に入るなんて、ありえない！　鷹司の総帥夫人まで…婚約って、どういうこと⁉」

「ありえない！」

「汚い手を使ったに決まってる！」

高ぶった感情のまま蹴りが繰り出され、とっさに身を捻った八尋の肩に当たる。

「――っ！」

それがキッカケとなり、幹部たちは罵りながら八尋に殴る蹴るの暴行を働く。

「お前が悪いんだ！」

「帝人様から離れろ！」

「生徒会の方々に近寄るな！」

腕を縛られて身動きもままならない状態で、八尋はなんとか急所を庇おうとする。精いっぱい丸くなり、内臓を傷つけられないよう背中を向けた。

帝人のファンクラブの幹部たちは可愛い系で占められているせいか、破壊力は低い。とはいっても痛いものは痛いし、三人もいるから少しずつダメージが蓄積されていく。

暴力行為を隠すためか顔への攻撃は避けていたが、明日には服の下がひどいことになりそうだった。

五分か…それとも十分か。ようやく殴る蹴るの暴行が終わったとき、八尋は小さくなって床に突っ伏していた。

「うっ……くう……」

痛みに、呻き声が漏れる。

幹部たちは苦しそうな八尋の様子を見て、残虐な笑みを浮かべた。

「本当はもっと痛めつけてやりたいところなんだけど、時間がないからね。やることをやって、生徒会の方々にバレないうちに教室に戻さないと。お前だって、レイプされたって知られるのは嫌だろうし、ボクたちも処分はごめんだからね。ま、お前のクラスの子たちは何が起きたか知ってるだろうけど」

「クラス全員が、お前が男たちにレイプされたことを知ってるんだ。ああ、彼らには特別に、レイプされてるお前の写真でもあげようか。協力してくれたからね」

「のんびりしてられない。田代《たしろ》たち、あとは任せたよ」

後ろに控えている体格のいい男の一人に声をかける。

「へいへい」

「しょうがないなぁ」

それまで黙って幹部たちのやることを見ていた男たちが、ゾロゾロと出てきて八尋のことを囲む。

「俺、中神相手に勃つかな～」

「結構、きっついよなぁ」

「あとで口直しよろしく」

「ビデオ、準備できてるか？　撮り直しなんてごめんだぜ」

彼らの言葉から、自分が輪姦されるのだと分かる。しかもそれをビデオに撮って、八尋を脅す気だ。ファンクラブのやり方は知っていたが、実際にこうして男たちに囲まれると、恐怖に背筋を悪寒が走り抜けた。

「……冗談じゃない！」

八尋は男たちが近づいてくるとパニックになり、闇雲に暴れる。

腕は自由にならないから、めちゃくちゃに足を振り上げて蹴飛ばす。手応えを感じると、男たちの舌打ちが聞こえた。

「チッ。しっかり押さえろよ。こいつ、足癖悪いぞ」

「でも、意外と綺麗な足してねー？　細いし真っ白だぜ」

軽口を叩きながら足を押さえつけられ、縛られた手を掴まれると、もうどうにも身動きが取れない。

「さっさと犯《や》っちまおうぜ」

「おう」

邪魔なエプロンを剥ぎ取られ、ドレスの胸元を掴んだ手が、ボタンを引き千切るように乱暴に前を開ける。

「え？　おい……」

「すげー、真っ白。細っこいのにアバラが浮いてるわけでもねえし、やけに綺麗な肌してんなぁ。乳首なんてピンクだぜ。俺、これならいけるかも」

「結構、旨そうだよな」

「だな、だな。……っていうか、中神ってどんな顔してんだ？　前髪で隠れて見えねえんだけど。気にならねぇ？」

「よせよ。どうせ不細工に決まってんだから。うっかり顔見たら、勃たせるのに苦労するぞ」

「そしたら、あそこでビデオ撮ってる可愛い子ちゃんに咥えてもらえばいいんだよ。こんなの相手にさせるんだから、それくらいやるだろ」

「そりゃそうだ」

「なら、見てやろうぜ」

八尋にとっては最悪の結論が出る。

必死になって顔を背ける八尋に男の手が伸び、眼鏡を外して放り投げると、前髪を上げて隠していた顔を晒した。

「――――」

その瞬間、男たちの動きが止まった。

ゴクリとツバを呑み込む音が、やけに大きく聞こえる。

「ウソ…だろう……」

「マジー？　すげえ美人じゃん」

「あのオタクの中神が、こんな可愛子ちゃんだなんて聞いてねぇぞ。うおっ、マジラッキー」

「泣きボクロ、色っぺー」

そんなことを言いながらキスしようと顔を近づけてくる男に気づき、八尋は思いっきり鼻に噛みついてやる。

「いってぇ!!」

激痛に飛びのき、手で押さえるその鼻にはくっきりと噛み痕が残っている。血が滲んでいるあたり、かなりの痛みがあることは間違いない。

「くそっ、こいつ！」

「ふざけんな！　誰がキスなんてさせるか！」

「てめぇ！」

殴りつけようと振り上げられた手は、仲間によって押さえられる。

「バカ。せっかくの綺麗な顔が腫れ上がったら、もったいないだろうが。これからも楽しませてもらうんだから、怪我させせんなよ」

「でもよー、こいつ、俺の鼻に噛みついたんだぜ」

「気の強い子猫ちゃんが、レイプしようっていう相手におとなしくキスさせるわけないだろうが。キスなんて、調教してからたっぷりしろよ」

「そりゃ、そうだけどよー。クソッ、痛ぇな」

「いいから、落ち着け。殴るより、楽しいことがあんだろうが」

そう言って、どうやらリーダー格らしい田代という男は、スカートがめくれ上がって剥き出しになった八尋の足を撫でながらチューブを見せつける。

「これ、催淫剤が入ってるジェルなんだよ。中神も、痛いより気持ちいいほうがいいだろ？　可愛くおねだりしろよ」

「そうそう。俺たちだって、美人相手にひどいことなんてしないからさ。メチャクチャ優しくしてやるって」

「お前がよがり狂うまで突っ込んでやる」

「ふざけるな！　お前らに犯られるなんて、冗談じゃない!!」

キッと睨みつける八尋に、ヒューッと口笛が吹かれる。

「すげえ、本当に気ぃ強いな、こいつ」

「いいじゃん、強気美人。この顔が涙でグチャグチャになったら、最高に良くね～？」

「マジ、泣かせてぇ」

「俺は、可愛い声で啼《な》かせたいね。トロトロにとろけさせて、アンアン言ったら、絶対可愛いって」

「それもいいなー。大丈夫。最高級のジェルだぜ。痛みなんかより、快感のほうが断然強いって。気持ち良くしてやるよ」

八尋の顔を見るまではいかにもしぶしぶといった様子だった男たちだが、今では妙に優しく八尋の体を撫で回している。

ファンクラブの幹部たちが、そんな男たちの態度を気に入るはずがなかった。

「お前たち、何やってんだよ。ゴチャゴチャ言ってないで、とっとと犯って。痛い目に遭わせろって言ったのに、なんでジェルなんて使うわけ？」

「まぁまぁ。不細工と美人じゃ、扱いが違うんだよ。一回きりか、これからもお世話になるかの差があるんだし、傷つけないのは基本だろ。ビデオ撮って脅迫するのは一緒なんだから、うるさいこと言うなって」

「ボクたちは、そいつが泣くところを見たいんだよ」

「そうだよ。何、優しくしてやるとか言ってるわけ？　ひどくしていいんだよ、そんなやつ。そのためにお前たちを雇ったんだから」

口々に文句を言う幹部たちに、田代が肩を竦める。

「悪ぃけど、お前らより中神のほうが美人じゃん？　この感じからすっと、初物みてぇだし。どっちが価値があるかなんて、言わなくても分かるよな？」

「そうそう。さんざんいろいろな男たちに犯《や》られまくってる淫乱ちゃんより、一から自分たちの好みに仕立てるほうがいいし」

「八尋ちゃーん。俺たち、自分のものは大事にするぜ？」

「なっ……！」

「信じられないっ！」

「ボクたちより、そんなやつのほうがいいって言うの⁉」

幹部たちは屈辱に目を吊り上げ、唇を震わせる。

「だから、そう言ってんじゃん。あ、でも、ビデオはちゃんと撮ってくれよ。お前らだって、中神が俺らのものになったほうがいいんだろ？」

「……………」

本当なら怒って出ていきたいところなのだろうが、屈辱よりも八尋をどうにかするほうが優先なのは確かだ。

彼らは憎々しげに男たちと八尋を睨みつけ、「とっととやってよ。時間、ないんだから」と言いながらビデオを構えた。

「んじゃ、やるか」

「いただきまーす」

服は邪魔だとばかりに肩から落とされ、縛られた肘のところまで肌を剥き出しにされる。スカートも大きくめくられているから、服はすでに腕と腰に絡みついているだけの状態だった。

下着も乱暴にむしり取られると、男たちの目がギラつきながら八尋の局部に釘付けになる。

「なんか…こんなところまで綺麗じゃねぇ？」

「ピンクだよ、ピンク」

「毛、薄いな。子供みてー。やっべぇ。俺、ロリッ気ねぇはずなのに勃ったぞ」

「我慢しろよ。いきなり突っ込んだら、しばらく使い物にならなくなるんだからな」

「分かってるって。我慢、我慢っと」

そんなことを言いながら、萎えたままの八尋のペニスをいじくり回す。しかしいくら刺激されても、こんな状況で勃つわけもない。

「ちぇっ、つまんねぇな。じゃ、もうとっととやるか。ほら、そっちの足持てよ」

「ＯＫ」

右と左に分かれて足首を掴まれたかと思うと、持ち上げられ、大きく開かされた。

まるでオムツを替えるようなそのポーズは薄暗い倉庫内で、八尋の何もかもを彼らの視界に晒した。

「ちっちぇ穴だな」

「綺麗なもんじゃゃん。やべっ、興奮してきた。早く突っ込みて〜」

「待てっての。今、ジェル塗るから」

田代は手にしたチューブの蓋を取り、指の腹にたっぷり出して八尋の足の間に屈み込む。そして息が吹きかかるほどの距離に顔を寄せたかと思うと、催淫剤入りのジェルとかいうものを後孔に塗りつけた。指がそのぬめりを借りて潜り込んでくる。

「ひっ……！」

「うあ…狭ぇ。こんなんじゃ、マジでジェルがなきゃ無理だ」

体の中に異物を感じ、八尋はその気持ち悪さに鳥肌を立てる。全身に力が入って指を拒絶しているのに、田代は根元まで入れ、狭い襞にジェルを塗りつけた。

一度引き抜いたかと思うと、ジェルを補充してまた挿入する。少し慣れたところで、ジェルまみれの指は二本に増えた。

「三本は入るようにしねぇと、まずいなよな。クッソー、それまで保つかな、俺」

「先っぽだけでも突っ込みてー」

ズボンの前を膨らませた男たちが、指を入れられている八尋の秘孔にギラギラとした目を向けている。

「よしっ。ほら、三本入ったぜ。つっても、まだ緊張でガチガチだけどな。もうちっと慣らしが必要か。あー、俺たちって、ホント優しいな」

「だよなー。中神、感謝してご奉仕しろよ」

八尋の太腿に、田代の猛ったものが当たっている。時折、怪しい前後の動きをしては、八尋に押しつけてきた。

――怖い、怖い、怖い。

小刻みに震え続ける八尋の精神力は限界となり、怒涛のような恐怖心に襲われて八尋は思わず助けを求める。

「鷹司帝人のバカッ！　婚約者だっていうんなら、今すぐ助けに来い‼」

ほとんど八つ当たりに近い言葉だが、まるでそれが聞こえたかのようなタイミングでバンッと扉が開け放たれる。

「八尋、いるかっ!?」

聞き慣れた声。

男たちに囲まれていて見えないが、帝人の声だとすぐに分かった。

「帝人っ!!」

「八尋っ!!」

複数の人間の怒声と、人を殴りつける音。それに悲鳴が加わって、倉庫の中はちょっとしたパニックだった。

八尋に覆い被さっていた田代も横から容赦のない蹴りを食らい、吹き飛ばされる。

それでようやく八尋の視界はクリアになった。

「大丈夫か?」

表情を歪めた帝人が、心配そうに見下ろしている。

縛られたままの腕を引っ張られて抱え起こされ、ギュッときつく抱きしめられて、八尋はホッと体から力を抜いた。

「遅いっ」

「すまない」

帝人のせいではないのにすんなり謝られて、八尋はウーッと唸り声を上げる。

情けなくも涙が零れ、見られたくない一心で帝人の胸に顔を押しつける。高ぶった感情は収まらず、なかなか涙が止まらなかった。

「おい、この場は任せたぞ。そいつら、一人たりとも逃がすなよ」

「はい」

「分かりました」

帝人の胸に顔を埋めたままの八尋の背中に手を回し、帝人は器用にロープを解いていく。ようやく自由になった八尋の手は、ジンと痺れて感覚がなくなっていた。

ひどい状態になっている服の乱れを優しい手つきで直し、帝人は自分のブレザーに包み込むと、膝裏を掬《すく》って抱き上げた。

「な、何？」

「こんなところにいつまでもいたくないだろう？　出るぞ」

「………」

八尋は全身から力が抜けているような状態だから、運んでもらえるのはありがたい。お姫様抱っこはどうかと思うものの、一刻も早くこの場から離れたかった。

ビックリしたせいで涙は止まったものの、顔を見られるのが恥ずかしくて再び帝人の胸に顔を埋める。

力強い腕に抱かれ、八尋は目を瞑って体から力を抜いた。

ザワザワと人の声が聞こえたが、八尋は顔を帝人の胸に埋めたままおとなしくしている。

やがて再び喧騒から離れ、見慣れたエレベーターに乗り込んだところで、寮に戻ってきたのだと安堵した。

帝人は長い廊下を歩き、八尋を抱いたまま器用にカードキーを差し込んで部屋の中へと入る。

壁紙から家具に至るまで、あからさまに高級な部屋だった。

「……ここ、どこ？」

「俺の部屋だ」

好奇心で見回してみれば、五十インチはありそうなプラズマテレビが目に入る。普通ならもてあましそうなそのサイズも、広いリビングには馴染んでいた。

帝人は八尋をフカフカのカウチに降ろす。

「八尋、怪我してるんだろう？　見せてみろ」

「や、やだっ」

「嫌だじゃない。怪我してるなら、手当てしないとまずいだろうが。骨でも折れてたらどうするんだ」

「大丈夫。手を出してきたのは、ファンクラブの連中だけだから。骨を折るほどの力はないし、ボクも体を小さくして急所は守ったからね」

「本当か？」

「本当だよ。ウソじゃない」

　こんな明るいところで脱がされてはたまらないと、八尋は必死になって訴える。

「打撲はあるけど、せいぜい痣《あざ》ができるだけだってば。ヒビが入ってたり折れてたりしたら、痛くてこんなふうに喋ってられない」

「確かにな。怪我は、まぁ、大したことがないとしよう。……それで？　やつらにどこまでやられたんだ？」

「どこまで…って……？」

「やつらの考えることなんて分かってる。ビデオを撮ってたんだろう？　……突っ込まれてはないよな？」

「な、ないよっ！　突っ込まれてなんかない!!」

「よかった……。じゃあ、どこまでされたんだ？」

「……」

　そこで八尋は黙り込む。いくら大事に至らなかったとはいえ、あまり口にしたいことではない。

「……やっぱり、突っ込まれたのか？」

八尋の様子を見て勘違いしたのか、声のトーンを低くする帝人に、八尋は慌ててプルプルと首を横に振った。

「ゆ、指っ！　指をちょっと入れられただけだからっ!!」

「指だけ？」

「そうだよ、指だけ」

その言葉に、帝人はホッとした表情を見せる。

「切れてないか？　見せてみろ」

「やだっ！　本当に、大丈夫。その…ジェルつけてたらしいし……」

「ジェル？　やつらにしては、ずいぶん優しいことをするもんだな。ああ、八尋の顔を見て、壊すのはもったいないと思ったか……」

「………」

ジェルのおかげで指を三本も入れられても切れなかったのだろうが、困るのは、先ほどから体が熱くてたまらないことだ。ジェルに入っているという催淫剤が効いているのか、腰を中心に全身が熱くなっていた。

スカートの中の八尋自身が熱を持って勃ち上がりかけているのが分かる。今は必死に抑え込んでいるが、ちょっとした刺激にも反応してしまいそうだ。

「あの…自分の部屋に戻るから……」

「なぜ?」

「なぜって…シャワー浴びたいし……」

「シャワーなら、ここで浴びればいい」

「……着替えがないから」

「俺のを貸してやるよ。入らないいんじゃ困るだろうが、大きい分には問題ないだろう」

「………。シャワーを浴びて、自分の部屋でゆっくりしたい。いろいろショックなことがあったし……」

今もその影響が続いているのだから、早く自分の部屋に戻りたかった。

シャワーを浴びて、ジェルを洗い流さなければならない。火照《ほて》ったこの体から、熱を出す必要があった。

帝人にバレないうちに早く早くと焦る気持ちとは裏腹に、帝人は八尋の腕を掴んだまま放さない。

「あんなホコリっぽいところにいたんだから、早くシャワーを浴びたほうがいいぞ」

「だから、自分の部屋で……」

「却下だ。俺が入れてやる」

「はぁ？　一人で入れるから結構」

「遠慮するな。今の状態で一人で入るのはやめておいたほうがいいぞ。倒れたらどうする」

「大丈夫だから」

「いや、ダメだ。来い」

帝人は八尋の腕を引っ張って立ち上がらせ、浴室へと引きずっていく。嫌がっても力の差は歴然で、八尋はいとも簡単に脱衣所へと連れ込まれた。

洗面台と大きな鏡のあるそこは、一人で使うにはやけに広い。八尋の部屋の脱衣所と比べ、倍はありそうだった。

帝人はブレザーを脱がせ、ボロボロになったドレスから腕を引き抜く。

上半身が裸になってみると、かなり痛々しい状態なのが分かる。鏡に映ったその背中には、数えきれないほどの痣ができていた。

帝人はそれを見て、忌々しそうに舌打ちをする。

「クソ…あちこち痣だらけだぞ。せっかく綺麗な肌してるのに」

「べつに、そんなのすぐに治るし……」

「俺がムカつくんだ。あいつらマジで潰してやるか」

「それに関しては…反対しない。ファンクラブの幹部ども、マジでうざい」

「とりあえず、今回の実行犯の六人は退学処分だ。いずれ親父の耳にも入るだろうから、家のほうも無事ではいられないだろうな」

「そう……」

この高校を退学になるだけでも大変な不名誉なのに、家にまで罰が及ぶのはどうかと思うが、もしあのまま帝人が間に合わなかったらと想像するゾッとする。

過去に同じ目に遭って、自殺までした生徒がいることを考えると、安易にあんなことをする人間は断罪されて当然だと思った。

俯いて考え込む八尋の痣を、帝人が一つ一つ指で触れて確かめる。

その感触が、八尋の中に忘れていた感覚を思い起こさせる。

「あ…シャワー、一人で浴びられるから、出ていって」

帝人はそれに返事をせず、下肢に移動させた手でスカートの上から八尋の尻を揉《も》んだ。

「あ、ん……」

八尋の口から妙に甘ったるい声が漏れる。八尋は慌てて手で口を塞いだが、すでに手遅れだった。

「俺に見られるとまずいか？　尻をいじってもらいたいんだろう？　熱くて…ウズウズしてたまらないんじゃないか？　あいつらが持っているジェルが、普通のわけないからな」

「……」

その言葉に、八尋はギョッとして帝人を見る。

「塗られてから、結構時間が経ってるだろう？　洗い流しても、もう手遅れかもな。第一お前、尻の穴に指を突っ込んでシャワーできるのか？　自分で広げて、洗い流さなきゃいけないんだぞ。……想像すると、結構いい感じだな」

「へ、変態……」

「失礼な」

気分を害した表情の帝人は、八尋の乳首を指で摘む。

「ひっ」

ビクリと竦みあがった八尋は帝人の手を叩き落し、思わず後ずさった。

「触…るな……」

「触れられると、きついか？　怪しげではあるが、あいつらが手に入れたんなら粗悪品ではないだろう。そもそも最初はお前相手に使う気なんてなかっただろうし」

「……………」

「とにかく、まずはその体を綺麗にして、ジェルを洗い流すことだな。今のお前にはきついだろう？」

「うっ……」

動いた拍子に服の布地が肌にこすれるのでさえ反応してしまいそうになる。ドレスを脱がせる帝人の手に逆らうことはできず、トロトロとした露を零す自身を手で隠すので精いっぱいだった。

幸い帝人はからかったりせず自分も手早く制服を脱いで浴室に入り、固定したシャワーの下でザッと八尋の体を洗い流すが、八尋はシャワーの水流にすらビクビクと感じてしまった。

「あ、熱い…体…熱い……」

「そのままじゃつらいだろうから、一度、出させてやる」

そう言って帝人は八尋をバスタブに腰掛けさせひざまずくと、ピンと張り詰めたペニスを口に含む。

「あ、あああっ」

催淫剤が効いている体、ましてや他人に触れられることすら初めての八尋にフェラチオの刺激は濃厚すぎる。

何が起きたか分からないほど、あっという間に上り詰めさせられた。

「うっ……」

ガクリと倒れそうになる体を支えた帝人は、シャワーを手にして脱力した八尋の尻に当てる。

そしてそっと指を挿入し、入口を広げるようにして中を洗った。

「て、帝人…やっ、それ…ダメ……」

「痛くはないだろう?」

「き、気持ち…悪い、からっ……」

その感覚をどう言っていいか分からないから、そんな言葉しか出てこない。帝人の指が襞をこするのも、シャワーの水流が中をかき回すのも、どちらも八尋を動転させる。

しかし八尋のペニスは、ついさっき欲望を吐き出したばかりなのにもう勃ち上がっている。それに気持ち悪いと言っている蕾も、自ら淫らな収縮を見せていた。

「もう、やぁ…熱いぃ……」

「大丈夫。すぐに鎮めてやるから」

「帝人ぉ……」

どうしていいか分からずパニックになっている八尋は、グスグスと泣いて帝人にしがみつく。

帝人はシャワーを止めて八尋の体を抱え上げると、そのまま寝室へと向かった。

八尋の体はもう催淫剤と愛撫でとろけている。ベッドの上で焦れて身をくねらせる姿は、ひどく淫らだった。

帝人は八尋の足首を掴んで左右に広げ、その間に入り込む。

「あ……」

帝人のものが濡れた蕾に当たっているのに気がつき、八尋は体を強張らせる。

きつく目を瞑る八尋の視界に入っていないそれは、ひどく熱いうえに大変な嵩があるように思えた。

秘孔が疼《うず》いて欲しているのは確かだが、果たしてそんな大きなものが受け入れられるのか八尋には分からなかった。

「て…帝人……怖、い……」

「可愛い、八尋……」

帝人は快感のあまり溢れた八尋の涙を唇で吸い取り、チュッと頬にキスを贈る。そして八尋の頬を両手で包み込み、正面から見つめた。

「こっちを見ろ」

「……」

言われて八尋は目を開き、帝人の目を見つめる。

「俺は、お前が好きだぞ」

「……」

その告白に、熱に浮かされていた八尋の意識が現実に引き戻される。

目の前の帝人の顔を、マジマジと見つめた。

「お前も俺のこと、好きだろう？」

「あ……」

どうしてそんなに自信満々に言えるのかと、八尋は唇を震わせる。

帝人は内心の声を聞き取ったように、フッと笑って言った。

「お前が、好きでもないやつにキスをさせるわけがない。ましてや、いくら催淫剤が効いてるっていっても、抱かせるなんてありえないだろう?」

「……………」

帝人は、八尋自身よりも八尋のことを理解しているんじゃないかと思うのはこんなときだ。

自分の中でモヤモヤしていた気持ちが、帝人によって解き明かされる。

「好…き……」

緊張し、ほとんど声にならない。

それでもきっと帝人には分かっているはずなのに、許してはくれなかった。

「聞こえないぞ。もう一度」

「好、き…帝人のこと、好きだ……」

「いい子だ。ようやく認めたな」

言うのと同時に、帝人の怒張が入口をかき分ける。反射的に力が入りそうになる前に、一気に奥まで貫かれた。

「あ――っ」

高く尾を引く声が、切なげに震える。

自分の体内でドクドクと鼓動する巨大な塊に八尋は怯えるが、それと同時に奇妙な充足感も覚えた。

八尋の中の飢えが、怖がっているにもかかわらず腰を動かす。戸惑いを覚えながらも、落ち着くまで待ってくれているだろう帝人に焦れて自ら誘う動きを見せた。

「可愛い淫乱め」

帝人は笑って呟き、抽挿を始める。

初めての八尋を怯えさせないようにゆっくりと、だがついてこられるのを認めるとしだいに激しいものへと変化させる。

「あ、あ、あぁ……」

帝人のもので中を突かれて気持ちがいいと、八尋の体は言葉より雄弁に語っている。帝人の腹にこすられている八尋のペニスは内部のしこりを突かれて白濁とした液を吐き出し、そしてまたすぐに刺激で勃ち上がる。

八尋の喉からひっきりなしに嬌声が溢れ、どんどん速く激しくなる抜き差しに息を喘がせながら同調する。

入口近くまで大きく引き抜かれ、そして最奥を突かれて体内に放出を感じたとき、八尋は前ではなく後ろの刺激で達ってしまった。

はぁはぁと、二人ともに荒い呼吸が寝室にこもる。

八尋の体は極まった余韻にピクピクと痙攣し、体の中でいまだ熱く息づく帝人の怒張を感じていた。

確かに体中に射精されたはずなのに、帝人のものはほとんど小さくなっていない。それどころか、一つ呼吸をするたびにさらに大きくなり、動き始めた。

「ま、待って…あっ、や、まだ……！」

「悪いな。収まりがつかん」

「そ…んな…っ」

触れられてもいない八尋のペニスは、内部を抉られることで再び反応を見せる。結合部分からはグチュグチュと水音が聞こえ、それが八尋を羞恥させ、同時に熱くした。

抜き差しを繰り返しながら、上体を屈めた帝人が八尋の乳首に吸いつく。

カリッと歯で齧られて、甘い悲鳴が漏れた。

「ひあっ！」

まるで全力疾走を何回もさせられているように苦しくて仕方ないのに、体が勝手に帝人の愛撫に反応してしまう。

帝人が一回達く間に八尋は二回も三回も射精してしまうのだから、体力の消耗は激しい。もう嫌だと言葉では懇願しても、腰は快感を追って動き続ける。

催淫剤が効いてひどく乱れる八尋を、思う存分味わう帝人だった。

★★★

初心者を相手に息つく間もなく二回目に突入し、ようやく終わったときには八尋はもう息も絶え絶えだった。

しかしおかげで体内にこもっていた嫌な熱は綺麗に消え、尻の疼きも治まっている。

「く…苦し…い……」

「体力ないな」

「初めての…相手に、抜かずの二発…する……？」

「俺は三発でも四発でもよかったんだが、それだとしばらく動けなくなるだろう？　だから、二発でやめてやったんだ。優しいな、俺」

「……優しいって言ってほしかったら、一回でやめろ」

「それは、ちょっとな。俺、ピチピチの十代だし」

「ピチピチ言うな」

いったいいつの時代の人間だと顔をしかめる八尋を、帝人はクックッと笑いながら抱き上げる。

「うわっ！　何？」

「もう一度シャワーだ。中、かき出さないとな。生で出したから、そのままにしておくとひどい目に遭うぞ」

そう言って帝人は浴室に八尋を抱えて運び、タイルの上にそっと降ろしてシャワーを浴びせる。そして尻のあわいを押し開くと、まだやわらかい蕾に指を入れて精液をかき出す。

「やぁ…っ」

白濁とした液体が零れ落ち、行為の余韻で敏感になっている肉襞が指の動きに反応する。奥へ奥へと押し込まれて中で動かされれば、八尋の口からは嬌声が漏れた。

「あぁ、ふっう…ん……」

「色っぽい声を出すな。またやられたくないだろう?」

「そんなこと、言ったって…は、んっ」

八尋のペニスはピョコンと勃ち上がり、プルプルと震えている。帝人はそれを見て、後ろをかき出しながら前をいじるということをした。

「あっ、ああ、やっ」

八尋の嬌声が浴室内に響き、腰が淫らに揺れる。

もはや帝人の指の動きは精液をかき出すというより中を刺激するという感じで、八尋は甲高い悲鳴とともにまたも射精を果たした。

「ふ、う……」

ペタリと座り込んだ八尋の下腹部は自身と帝人のもので汚れており、帝人は泡立てたスポンジでその体を手早く洗っていく。

「はー、まったく。お前、俺の忍耐力に感謝しろよ。でなきゃお前、明日も立てなかったんだからな」

「……………」

全身を赤くしてムッツリと黙り込む八尋を、帝人はシャンプーまでしっかりしてからバスタオルに包んで脱衣所へ出た。

意外と帝人は面倒見がいいのか、妙に楽しそうに八尋の体を拭き、頭を拭いてドライヤーまでかけ始める。

「……ムカつく」

「ん？　ここまで至れり尽くせりの俺に、そういうことを言うのか？」

「違う。あんたの手馴れた感じがムカつくの」

「あー…それはなんていうか……。下手よりはいいってことで。男同士のセックスで、どっちも初めてだと流血沙汰になりかねないらしいぞ。それは嫌だろう？」

「……やだ」

「なら、過去のことは気にするな。お前と知り合う前のことなんだから、どうしようもないのは分かるよな？」

「まぁね」

「ついでに言うと、こんなアフターケアをするのは八尋が初めてだ。そもそも部屋に連れ込んだりしないしな」

「……サイテー」

「はいはい。もう聞き飽きたぞ、その言葉」

「言わせるようなことするから悪いんだ」

帝人のことを好きだと認め、体を交わらせた八尋からは、帝人に対する甘えが見える。頬を膨らませながらも、帝人にくっついているのがその証拠だ。

すっかり髪を乾かし終えると、帝人はドライヤーを片付けながら言う。

「親も認めた婚約者だってこと、公表するからな」

「えっ、やだ」

「なんでだ？　俺が、コソコソ付き合う男に見えるか？」

「見えない……。けど、困る」

「なぜ？」

「平穏な高校生活が……」

「あれだけファンクラブの連中に睨まれて、まだそんなことを言ってるのか？　どのみちお前はもう元の生活には戻れないんだぞ。この際、俺の恋人だと公言して、鷹司の庇護下に入ったほうが得策だと思うけどな。この名前に逆らえない連中は多い」

「ううっ……」

帝人の言っていることは分かるし、客観的に考えればそれが一番いいのだろうということも分かる。

「でも、嫌だ……」

「どうして？」

「男に婚約者として公言されるっていうことが、すごく不愉快。わざわざ公言って…どう考えてもありえない。男の恋人ができたのは仕方ないとして、それを隠すつもりもないけど…わざわざ広めて回る趣味はないから。こう…普通にしたいんだよ、普通に」

「そうは言ってもなー。ここ、普通じゃないから。根回ししとかないと、これから先もずっと面倒なことにつきまとわれるぞ」

「うーん……」

「諦めろ。ここは、そういう場所だ。いつまでも陰湿に狙われるのは嫌だろう？」

「嫌だ……」

「だったら、宣言しておいたほうがいい。婚約者なんだから、俺に守らせろ」

「………」

面と向かって恥ずかしいセリフを言われ、八尋は顔を赤くする。

「いいな?」

「うー…分かった」

生まれて初めて恋人というものができた八尋には、慣れないことが多い。セックスのあと、こんなふうに甘やかされるのは恥ずかしく、とても嬉しかった。

帝人は再び八尋を抱き上げて寝室へと移動し、ベッドに座らせる。そして大きなクローゼットの中からメイドドレスを引っ張り出した。

「これを着るんだ」

先ほどまで八尋が着ていたものより、素材も縫製もいい。どうやら生地は濃紺のベルベットのようだし、エプロンにつけられたレースは繊細だ。

八尋は唖然とし、口をポカンと開ける。

「……何、これ」

「メイドドレスだ。お前が着てたのは、もう捨てるしかないからな」

「いや、それは見れば分かるけど……。そうじゃなくて、どうしてこんなものがここにあるのかってこと」

「八尋がメイドになるって聞いて、作らせた。いつか俺のために着させようと思ってな。思ったよりもずっと早くその機会が来たわけだ。似合うぞ、きっと」

「嬉しくない。というか、すごい迷惑」

「遠慮するな」

「遠慮じゃないから。それに、なんでよりによってこんな服を？　ボク、もう寝るつもりなんだけど」

窓の外はもうすっかり暗くなっている。外部からの客たちは四時で出されるはずだから、文化祭はもう終わっているはずだ。

「後夜祭があるのを忘れたのか？　生徒会長が出ないと締まらないだろうが」

「後夜祭？」

「ああ。ある意味、一番期待されてる行事だ」

「……去年は出てないから、何するのか知らないし」

「校庭で薪を組んで、キャンプファイアーを囲みながらダンスだ。今時ありえねぇと思うが、伝統だからな。しかも、意外とこれを楽しみにしているやつらが多いんだよ。去年のアンケートでもそれは分かってる。このダンスをきっかけにカップルができることが多いからかな。今は消防法だのなんだのうるさいから、俺としちゃなくなってほしいところだけどな」

「……ありえない。理解不能。ホント、この高校って異常」

「そう言うな。俺たちだって、男同士なのに恋人で、婚約までしてるんだから」

「うっ……」

「既成事実もできたことだし、婚約解消なんて言わないだろう？」

「ううっ……」

「同意のうえのセックスだからな。お前も俺のことを好きだと言ったし、体の相性も抜群。催淫剤の効果もあったとはいえ、お前は初めて突っ込まれたにもかかわらず、アンアン啼いて……」

　八尋が反論できないのをいいことに、調子に乗ってどんどん発言が妖しい方面に及んでいく帝人の口を、八尋は掌で塞ぐ。

「そ、それ以上喋るなっ」

「照れるな、照れるな」

「そういう問題じゃない」

「ま、とにかく心も体も繋がったってことで、後夜祭で発表だ。こうなると分かっていたらウエディングドレスでも用意したんだが、それは本番でのお楽しみってことで。今はこのメイドドレスでお披露目だ」

「………」

　なんだか今、とても怖いことを聞いたような気がすると、八尋は冷や汗を流す。メイドドレスも嫌だが、ウエディングドレスはもっと嫌だった。

「着せてやるから、万歳しろ」

「……自分で着る」

「着られるか？　腰が立たないだろう？」

「………」

あいにくとそれは図星だったので、八尋はグッと言葉に詰まる。実際、立ち上がろうにも腰に力が入らなかった。

しぶしぶ両腕を上げると、頭からドレスを被らされる。

「ほら、左腕通して」

「………」

「次、右腕」

「………」

嬉々としてドレスを着せる帝人に、八尋は辟易する。できればこんなものは着たくないのだが、帝人がこうも乗り気ではどうしようもなかった。

救いは、ドレスがミニ丈ではなかったことである。膝下まで丈があり、ボタンは白いデイジーの形になっている。フリルのついたカチューシャさえなかったら、メイドというよりはフランス人形といった感じのドレスだった。

「可愛い、可愛い。やつらの度肝を抜くためにも、前髪を上げておこうな。八尋のことをさんざん不細工だとバカにしていた連中が、どんな顔するか楽しみじゃないか？」

「う〜ん…まぁ、いいけど。どうせ顔見られちゃったから、広まるのは時間の問題だろうし。

変に詮索されるよりは、見せちゃったほうが確かに楽だしね」

「お前ほどの美人はいないから、そうそう文句も言えないさ」

「……それ、嬉しくない」

「褒め言葉だぞ？」

「分かってるけどね。でも、複雑なんだよ」

「これから、毎日可愛いと美人を連呼してやる。そうすればそのうち、言われて喜ぶようになるさ」

そう言って帝人は、ニヤリと不敵に笑った。

八尋の支度をすませてから、帝人も制服を着込む。そして八尋を腕に抱き上げ、後夜祭の会場となっている校庭へと向かった。

中央では赤々とキャンプファイアーの炎が燃え、生徒たちが輪になって、火を囲んでいる。

素顔を晒してメイドドレスを着せられた八尋は、まさしくお人形さんのようだ。そのくせ、抱かれた直後ということで全身から色気が漂っている。

帝人にお姫様抱っこされたまま壇上に上がり、婚約発表という名のお披露目をされた八尋は、大きなどよめきと直後の阿鼻叫喚によって迎えられた。

――この出来事は、ずっとあとの後輩たちにまで伝わる文化祭での伝説となった。

初めてのバレンタイン

後夜祭での派手なお披露目のあと、八尋《やひろ》に向けられる視線にはいろいろな種類がある。その多くは妬みや羨望などだが、以前のようなバカにした視線は一切なくなった。

鷹司《たかつかさ》の名前は、八尋が思っていたよりずっと影響力の大きいものらしい。八尋が、帝人《ていと》の両親も認めた婚約者だと発表すると、嫌がらせはもちろんのこと、陰でコソコソ悪口を言われることすらなくなった。

何はともあれ八尋が望んだ、静かで平穏な高校生活が戻ってきた。しかも今は前髪と変装用眼鏡で鬱陶しい思いをすることもなく、素でいられる。そのせいで時折、欲望に粘ついた視線を感じるが、鷹司の名前を恐れて手を出せないのだから実害はない。

そんな八尋にとって現在の問題は、帝人と同棲生活をさせられていることだ。

部屋を移動しろと言われて嫌だと断り続けていたら、ある日カードキーが使えなくなって、荷物がすべて帝人の部屋に移されていた。おかげで今は帝人と同じ部屋に住み、同じベッドで眠っている。

それのどこが問題かというと、帝人との体力差である。

毎晩、当然のように抱かれるのはまだいい。かなり淡白という自覚のある八尋には少々過ぎ

★
★
★

る行為ではあるが、恋人なのだから納得できる。

しかしそれが、二回三回は当たり前、ときには四回だの五回だのになると、とてもではないが八尋にはついていけないのだった。

一応帝人のほうも八尋の体力を考えてセーブしているようで、回数を過ごすのは休日前だけというのが憎たらしい。おかげで八尋の休日は、昼過ぎまで起きられないのが普通となってしまった。

ベッドで帝人が食堂から運ばせたというブランチを食べ、日がな一日のんびりゴロゴロするのである。

そして、実はそんな休日の過ごし方が嫌いではないのが、八尋をなんとも複雑な気分にさせるのだった。


文化祭が終わってからも、八尋の生徒会補佐としての仕事は続いている。もっとも、さすがに文化祭前のような忙しさはなく、五時前に帰れることもシバシバだった。

やがて冬を迎え、クリスマスも正月も過ぎ、二月に入った。

生徒会室でいつものように手伝っていた八尋は、お茶にしようと渚《なぎさ》に言われてソファーに移動した。

いつものことながら素晴らしく香り高い紅茶を、料理部の差し入れであるチョコレートケーキとともにいただく。

帝人は今日、経営に参加している父親の会社の秘書と会長室に閉じこもったまま出てこない。なので、今いる人間だけでティータイムということになった。

もっともこういうとき、喋るのはもっぱら渚だ。

「バレンタインが近づいてきたから、校内が浮ついてるね～」

「……バレンタイン？　ああ、そういえば……」

自分には関係のないイベントだと思っているせいか、八尋は言われるまで気がつかなかった。

「普通はこんな山奥の男子校じゃ関係ないって思いますけど、ホモ校ですからね、ここ。バレンタインは大事なイベントなんでしょうね」

「やだなー、八尋ちゃんってば。自分だって男の婚約者がいるくせに」

「………」

極めて無邪気に、もっとも痛いところを突いてくるのはさすがだ。これが計算ではないのだから、感心してしまう。

「八尋ちゃんはもう、帝人にチョコ買った？」

「は？　ボク、男ですよ」

「そんなの関係ないよ。恋人なんだから、バレンタインはチョコあげるのが普通でしょ」

「男同士なのに？」

「男同士でも。せっかくのイベントなんだから、楽しまないとね〜。それにチョコをあげとけば、ホワイトデーにすっごいお返しもらえるよ。マリブの別荘とか、南の島とか」

「いや、そんなのいらないので」

「八尋ちゃんってば、本当に欲ないよねー。帝人のことだから、おねだりすればなんでも買ってもらえるのに」

「そんなこと言われても…欲しいものなんて特にないし。そもそもあの人、そういうの興味あるんですか？」

「ん？　バレンタインなんて面倒くせーとか言ってたけど、恋人ができたら別じゃない？」

「うーん……」

「クリスマスとかお正月はどうだったわけ？」

「それは……」

　思い出して、八尋は顔を赤くする。

　クリスマスは、従兄弟の基樹から届いたカードとプレゼントを見た帝人が焼きもちを妬いてひと悶着あったものの、仲直りしてからは思いっきりベタだった。

　イブにはシックなフレンチレストランでディナーコースを楽しみ、ホテルのスイートに宿泊。

プレゼントにもらったのは、揃いの指輪である。

一応、校則で校舎内で装飾品の類をつけるのは禁止されているため、八尋は普段、長めの鎖に通して首からぶら下げている。

しかし帝人のほうは堂々としたもので、しっかり薬指に嵌めているのだ。おかげで婚約者である八尋に注目が集まり、いつの間にか胸元にしまわれている指輪の存在は周囲に知られていた。そしてそれは、ちょうどいい虫除けになるからと、大学に入学したらずっと嵌めていることを約束させられている。

思わず胸の指輪をいじりながら、八尋はイブの夜のことを思い出す。

帝人が用意させたシャンパンの酔いも手伝って、もらったばかりの指輪を嵌め、自分がひどく乱れたことが脳裏を過ぎった。指輪はすごく嬉しかったし、いつもと違う場所ということで解放感があったのである。

おまけに二十五日のクリスマス当日には、帝人が八尋用にと真っ赤なミニのサンタ服を用意していて、無理やり着せられてセックスしたり……。そういえば正月には、帝人の母が用意したという振袖で同じような目に遭った。

「……意外と、イベント好きかも」

「だったら、やっぱりチョコをあげないと。期待してるのにあげなかったら、ひどい目に遭わされるよ。きっと、すごくエッチなお仕置きだよ。次の日、授業を休むことになるかも。……

んー…でも、それはそれで帝人的には美味しいのかな？」

「恐ろしいことを言うのはやめてください」

「いや、だって、嬉々としてお仕置きしそうじゃない？　そんなのでＳＭの道に目覚めたら、たまったものじゃないよねぇ。八尋ちゃん、かわいそう……」

「いや、別にそんなことにはなりませんから。あの人、性格的には多分にサドッ気ありますけど、性癖はノーマルですよ」

そう言ったところで、嬉々としてメイドドレスやらミニサンタやらを着せてきた帝人のことを思い出す。あのコスチュームプレイがどの範疇に入るかは分からなかったが、ノーマルと言いきるには少々問題があるような気がした。

「……たぶん、ノーマル？　どっちみち、ＳＭとか言いだしたら本気で別れます」

「やーん。八尋ちゃん、冷たい。いいじゃん、ソフトＳＭくらいだったら」

「宮内さんと違って、そういう趣味ないので」

「ボクだってないよー。でも恋人がやりたいって言ったら、付き合っちゃうんじゃないかな。痛くなきゃ別によくない？」

「嫌です」

「固いなー、八尋ちゃんって」

「いえ、ボクは普通です。極めてノーマルです。あなたがやわらかすぎるんです」

「褒められちゃった♪」

テヘッと嬉しそうにした顔は可愛く、さすがに人気投票で上位になるだけはある。

しかしあいにく八尋にその笑顔は通用しなかった。

「褒めてませんから」

「ああ〜ん、ツンデレ？　あ、でも、ボク、よく考えたら八尋ちゃんにツンツンばかりでデレをしてもらってない気が……」

今や、渚の言うツンデレが何か知っている八尋だ。しかしだからといって、自分がそんなことをしているつもりもない。

「宮内《みやうち》さんはMっ気が多分にありそうですから、ツンツンだけでいいんじゃないですか？　それよりチョコなんですけど、宮内さんはどうするんですか？」

「ボク？　誰にもあげないよ。そういう意味で好きな人、いないし。軽い気持ちであげちゃうと、変に誤解されたりするしねぇ。面倒だからバレンタインは、部屋におこもりして外へ出ないつもり」

「え？　平日ですけど」

「いいのー。休むの。っていうか、その日は生徒会役員のほとんどがそうすると思うよ。チョコもらってください攻撃がすごいから。『うるせー』の一言でみんなが遠巻きにしてくれるのって、帝人くらいだし。バレンタインはいつもと気合が違ってて、なんかすごく怖いんだよね」

「はぁ…そうですか」

「あ、だから、その日は生徒会の仕事もなしだからね。平日には珍しく、完全休養日ってことで」

「分かりました」

バレンタインデーの日は部屋から出ないと言う渚に、どうやら自分が思っていたよりも大変そうだと考える。

「……バレンタインって、そんなに重要なんですか？」

「好きな相手のいる人にとってはね。時期も悪いよ。卒業がなんとなく意識される二月なんだから。好きな相手が三年生だったら、ラストチャンスって思っちゃうでしょう？　だから三年のボクは、大事を取ってお休み～」

「ああ、なるほど……」

「八尋ちゃんは、ちゃんと帝人にチョコあげなよ。寮のスーパーで売ってるから。わりと大きく特設コーナーが作られてるけど、気がつかなかった？　八尋ちゃん、頻繁にスーパー使ってるよね？」

「……脳が拒否してました。ボクには関係ないと思っていたし…そういえば、あったかもしれませんね、そんなのが」

おそらくこの高校で一番スーパーを利用しているのは八尋のはずなのに、綺麗さっぱり無視していたあたり、男の園でのバレンタインが相当嫌だったらしい。そのコーナーでキャッキャッとはしゃいでいる可愛い系たちが目障りだったせいもある。

「スイートからビターまで種類は豊富だったから、わざわざ街まで出る必要はないんだよね。街のデパートや菓子店なんかより、よっぽど揃ってるし。それでも気合の入ってる子は、フランスとかベルギーから取り寄せるみたいだけどね」

「……………」

アホばっかりだ…という八尋の呟きは、あいにくとこの高校では通じないのだった。

午後五時。

いまだ秘書との仕事が終わらないらしい帝人を置いて、八尋は一人で寮にある高級スーパーを訪れていた。

この頃では帝人も一緒についてきて、あれこれ食べたいものをリクエストするので、一人で来るのは久しぶりだ。

「……チョコレート……」

どうやら自分はバレンタインなるものに参加しなければいけないらしいと一応の覚悟を決め

たものの、やはりなかなか面倒なものがある。

籠を持ってクリームシチューのための食材を入れていき、バレンタインコーナーをチラリと見てみた。

「……すごい」

赤と白、ピンクのポップなコーナーは、改めて見ると目に痛い。

驚くべきはそのバリエーションの多さだ。あまりチョコレートに興味のない八尋でさえ知っているような高級ブランド店がズラズラと並んでいる。

しかも相変わらずの人だかりで、可愛い系たちがものすごく嬉しそうにあれやこれや言いながら選んでいた。

「……無理。絶対、無理」

二十四時間営業だから、夜中…人けの少ないときにもう一度来ようと思う。さすがにあの人込みの中に突っ込んでいく勇気はなかった。

「――――」

夜中、ぐっすりと眠っていた八尋だが、ふとした拍子に意識が浮上し、ゆっくりと目を開ける。

傍らには帝人がいて、しっかり八尋の腰に手を回して眠っていた。

時計を見たら、午前三時だ。

いつものように平日にしては濃厚なセックスをして、後始末も帝人に任せて疲れきって寝入ったはずなのに、気合さえあれば起きられるものなんだと感心してしまう。

八尋はソッと腰に回された手を外し、音を立てないように気をつけながら服を着てから寮の部屋を出る。

薄暗い廊下を忍び足で歩き、エレベーターで一階まで下りてスーパーに行ってみれば、さすがに時間が時間なので店内には八尋しか客がいない。なぜ二十四時間営業にするのか不思議なほどだ。

もっとも八尋が知らないだけで、意外と夜中にも需要はある。たまたまこの日は誰もいなかっただけだ。その時間帯の売れ線がジェルとコンドームなのは店長だけの秘密だが、週末は特に売れ行きが良かった。

バレンタインのコーナーを設置してからは八尋のように夜中にコッソリ買いに来る生徒もいて、八尋は本当に運がいいだけだった。

八尋は入口で籠を手に取り、チョコレートだけを買うのは恥ずかしいからとペットボトル飲料やパンなどをその中に入れていく。

籠がそこそこ賑やかになったところで、八尋は勇気を出してバレンタインコーナーへと向かった。

「うう〜ん……」

あまりにも種類がたくさんあるのは考えものだ。どれにすればいいのか分からなくなってしまう。

八尋は棚の前を何度も行き来し、唸り声を上げる。

「ビターはちょっと…帝人、わりと甘党だし。やっぱり、普通にミルクがいいかな？　ナッツとか、入ってるほうが好き？　ハワイのお土産チョコ、美味しそうに食べてたし…あ、これ、いいかも……」

実際にこんなに大量のチョコレートを目にすると、あれこれ迷ってしまう。さすがに有名ブランド揃いだけあって、どれも美味しそうだった。

ブツブツ呟きながら三つほどに候補を絞り、さんざん悩んだ末に一つに決定する。最後の決め手はパッケージだ。

八尋は籠の中にそのチョコレートを紛れ込ませ、レジへと持っていった。

会計をすませてスーパーを出た八尋は、とりあえず買うことができたとホッと胸を撫で下ろし、少しばかり浮かれた気持ちで部屋へと戻る。

そっと扉を開けて中に入ると、真っ暗なリビングのソファーに人影があるのに気がつく。八尋は思わずビクリとして後ずさった。

「……どこに行ってたんだ？」

まだ目が慣れてなくてよく見えないが、その声は帝人だ。この部屋には八尋と帝人しか住んでいないのだから、冷静に考えれば分かりきったことである。

一瞬不法侵入者かと思ってしまった動揺と、バレンタインのために買ったチョコレートを持っていることで八尋の心臓は激しく脈打っていた。

「えっと…朝食用のパンがなかったなと思って……」

そう言って八尋は、手に持ったスーパーの袋を掲げる。ごまかすために買ってきたパンが役に立ってくれた。

「そんなもののために、こんな時間に行ったのか？」

「ああ、うん。一度気になり始めたら、落ち着かなくなっちゃって」

「そんな繊細な性格してたか？」

不思議そうに聞く帝人に、八尋はムッとしながら答える。

「……ボクは、帝人に比べれば素晴らしく繊細だから」

「いやいや、お前に比べれば俺のほうが繊細だろ？」

「どこが？」

「すべてにおいてだ」

フンッと胸を張ってそんなことを言う帝人に、八尋は呆れる。どこからどう見ても、繊細という言葉とは対極にいるとしか思えなかった。

「……………」

八尋は無言で買ってきたものを冷蔵庫にしまい、とりあえずの保管場所としてチョコレートを野菜室の奥のほうに押し込む。幸い自炊をするため冷蔵庫の中身は豊富だし、奥のほうにしまってしまえばそうそう見つからないはずだ。料理をしない帝人は飲み物を取り出すくらいしかしないので、野菜室など開けるわけがない。

よしよしと思いながら寝室に戻り、引き出しの中からパジャマを取り出して着替えた。

後ろからはバスローブ姿の帝人がついてきて、こちらはバスローブを脱いで裸のままベッドに入る。いつもは八尋も裸のことが多いから、パジャマを着るのも久しぶりだ。

しかも八尋が自分で買った綿のパジャマは肌触りが良くないと強制的に捨てられ、代わりに与えられたのがシルクのものである。本当はパジャマなど着せたくなかったようだが、八尋が絶対に必要だと主張した結果だった。

実際に、シルクのパジャマは着ていても気持ちがいい。

八尋がゴソゴソと毛布の中に潜り込むと、すぐに帝人の腕が回ってきてしっかりと抱きしめられる。

直接抱き合うのもいいが、こんなふうにシルク越しに体温を感じるのもいい。どちらも八尋を安心させてくれる。

「黙って出ていくな。何事かと思っただろうが」

ふうっと安堵の吐息を漏らされ、八尋は首を傾げる。

帝人は、どんどん心配性になっている気がした。今は鷹司の名前が著しい効果を表し、八尋への危険はほとんどなくなっている。その分だけ隠れた憎悪は深まっているが、鷹司を敵に回してまで八尋に手を出すような愚かな生徒はいない。帝人だけでなく、その両親である鷹司夫妻にも可愛がられているのが大きいらしい。

帝人にちょっかいをかけられ、生徒会の補佐にもさせられた文化祭前のほうがよっぽど危険度が高かったはずだ。あの頃は至るところから憎悪の視線と殺気を感じたたし、隙あらばひどい目に遭わせてやろうという気配もあった。

もちろん八尋は今だって警戒を怠っているつもりはないが、あの頃ほど強い緊張はしていないのも確かだ。

だから、帝人がなぜ今になってそんなに心配するか分からないのである。

「……って言っても、ちょっと買い物に出かけてただけだから。まぁ、真夜中ではあるけど。でも、一緒に寝てて誘拐とかありえないし、心配する必要はないと思うけど……」

「お前な。こんな時間にフラフラ歩き回って、何もないっていう保証はないんだぞ？」

「それはそうだけど…ちゃんと、防犯カメラのあるところを選んで通ったから大丈夫だって。

あれは、二十四時間体制でチェックしてるはずだし。それに帝人と婚約したって発表してから、周囲がすっかり静かになったよ」

「鷹司の名前のおかげで大抵の厄介事は消えただろうが、逆に言うと、鷹司の名前のせいでトラブルを招き寄せることもある。うちがバックにあるのを知ったうえでのトラブルは、プロが絡んでくる可能性が大きいからな。最新の防犯設備で守られている高校とはいえ、自ら隙を見せるようなことは禁物だ」

そこでようやく、八尋にも帝人の言いたいことが分かる。

婚約を発表したのはこの高校内でだけとはいえ、事が事だけに話がどこまで広がっているかは分からない。鷹司の庇護に入るというのはつまり、鷹司が守るべきもの…弱点ともなりうるということだった。

迂闊なことをして付け入る隙を与えれば、自分自身だけでなく、両親や鷹司の家にまで迷惑をかけることになる。

「うー…分かった。もう、夜中に買い物に行ったりしない」

「そうしろ」

「んっ」

短く頷いて、肝に銘じる。自身が危険に陥ることより、両親や、鷹司夫妻を心配させるほうが嫌だった。

「……それにしても、そっと抜け出したのに、よく分かったなぁ」

「腕が寂しかったからな。毎晩八尋を抱いて眠っているせいか、いないとどうも落ち着かなくて目が覚めるんだよ。この前の冬休みで帰省していたときは、夜中に何度か起きたせいでバイオリズムが狂ったぞ」

「…………」

帝人の腕の中、八尋は頬を赤くする。

休み中、八尋にも同じようなことが起こった。なんだかんだとイベントのたびに会っては泊まっていたのだが、自分の家の、自分の部屋のベッドに一人寝るときは、どうにも眠りが浅くて困ったのである。

傍らのぬくもりがなくて寂しいのだと、自分を抱きしめる強い腕がなくて不安なのだと、そう認めずにはいられない心細さ。

自分の家にいるのに落ち着かず、なかなか寝つけずに朝方まで本を読んでしまったり、ベッドではなくソファーで転寝をしたりしていた。

八尋は顔を真っ赤に染め、少しばかり口ごもりながら、それでもなんとか言葉にする。

「ええっと…ボクも、その、家に戻っていたとき、うまく眠れなかった……」

「なんだ。同じか」

クックッと笑う帝人に、八尋もつられて笑う。

「同じだね」

「まさか、こんなふうになるとはな。俺はわりと、人の気配をうるさく感じるほうなんだが……。同じ部屋で誰かと寝るのは苦手だったんだぞ」

「そんなの、ボクもだし。一緒に寝て大丈夫なのは、両親くらいかな。それだって、同じベッドで寝るわけじゃないからね」

「それが、腕の中にいないと落ち着かないようになるんだから、不思議なもんだ」

「んっ、同感」

小さい頃から、誰かといるより一人のほうが楽だった。八尋が誰かと遊ぶと喧嘩が起きたり、女の子と二人きりになって文句を言われたりするからである。家にいてさえ姉や妹に苛められるのだから、八尋はいつの間にか一人でいるのが好きになっていた。

だからこの高校に入って両親すらいない環境で本当に一人きりになったとき、少し寂しいと思ったことはあるが、それでもそれは大きな不満にはならなかったのである。

「……なんだか、妙に目が冴えちまったな。眠れるよう、もう一運動するか？」

そんなことを言いながら帝人の手がパジャマのズボンの中に潜り込んできて、おとなしく休んでいる八尋の中心をヤワヤワと揉む。

「ちょっと」

八尋は焦って帝人の手を掴み、引っ張り出そうとした。

「なんだ？　嫌なのか？」

「いや…だって、さっきしたばっかりだし…今、何時だと思ってる？　明日…もう今日か……起きられなくなる」

「たまにはサボるのもいいだろう。どうせ生徒会特権で、欠席扱いにはならないんだ」

「勉強が遅れるんですけどー。今は帝人の部屋にいるから必死で上位に入らなくても良くなったけど、成績を下げてバカにされたくないから。そのあたりは、男の意地ってやつだよ」

「勉強なんて、俺が教えてやる」

「くっ。同じ年のくせに、偉そうに」

「一位常連様だからな。偉いんだ」

「腹立つ〜っ」

「勉強なんて、ポイントさえ押さえればそう難しいもんじゃない。特に試験は、誰が作ってもある程度同じようなところが出題されるからな。要は、どこが重要かを見極めればいいだけの話だって」

「………」

　いかにも簡単そうに言ってくれるのが憎たらしい。八尋はいつもものすごくがんばって五位以内に入っているのに、帝人は涼しい顔で一位をキープしているのだ。

「そんなわけで、お前の尻もまだやわらかいままだろうし、ちゃちゃちゃちゃとやって、ちゃちゃちゃと寝ような。運動すれば、ぐっすり眠れるさ」

「ちゃちゃちゃってなんだ!?」

「細かいことは気にするな」

「繊細さはどこにいった？」

「先に寝たらしい」

「……………」

出会って最初のうちは八尋のほうが優勢だったのに、今では帝人に口で負かされることが多い。どうやら帝人に歯向かう人間が少なかったために口論に慣れていなかっただけで、もともと頭がいいから慣れると手に負えなくなった。

このぉ…と思っても急所をガッチリ掴まえられ、しかもこれで話はついたとばかりに動かされたのだからたまらない。

「やだって言ってるのに…あぁ、んっ」

先端を強く扱かれて、八尋の口から甘ったるい声が漏れる。感じないようにしようと思っても、理性より本能のほうが勝っていた。

気がつけばせっかく穿いたズボンを脱がされ、パジャマの上だけを着込んだ形で帝人の愛撫を受けている。

後ろには指を挿入され、クニクニと動かされて腰が跳ね上がった。

「ひあっ！」

「よしよし、思ったとおりやわらかいままだ」

帝人はそう満足そうに呟くと、指を引き抜くや否や自身を押し当て、そのままゆっくりと腰を進めていった。

「んんっ……」

肉襞をこすられると、腰を中心に甘い痺れが広がっていく。

「ふぅん…ん、んぁ……」

八尋の甘い吐息が寝室にこもり、帝人の攻めが二度目に入った時点で、八尋が授業を休むことは決定となった——。

★
★
★

やがて迎えたバレンタインデー。

当日は、朝から大変な騒ぎだった。ほとんどすべてといっていい生徒たちがソワソワして落ち着かないことこのうえない。

教室の中でも、あげたりもらったりという行為が見られ、授業中ですらどこか浮かれた気配が消えなかった。

どうやらこの日はあまり授業にならないと教師も分かっているのか、いつもより進みが遅かったり、小テストをしたりといろいろだ。

生徒たちから猛烈なアタックを受ける生徒会の役員たちも落ち着かないのは一緒で、この日は生徒会の仕事は一切ないと前々から言われていた。面倒事を避けるため、皆部屋から出てこないつもりらしい。帝人に八尋という婚約者ができた今、例年以上に標的になると警戒しているのもあるようだ。

そのため、本当に久しぶりに、八尋は授業が終わったあと、教室から直接寮に戻ることになった。

部屋に戻った八尋はまず制服を着替え、冷蔵庫の野菜室の奥からチョコレートの箱を引っ張り出す。この中にずっと入れておいたら湿気でせっかくの包装がダメになってしまうかもしれないと思い、新聞紙で包んでおいたので綺麗なままだ。

八尋はいらなくなった新聞紙をゴミ箱に捨て、ソワソワしながら帝人が戻ってくるのを待っていた。

やがてカチャリと扉が開き、八尋は座っていたソファーから立ち上がる。

「お…お帰り」

「ただいま」

「やけに早いけど…今日は帝人も仕事なし？」

「ああ。うるさくて敵わん。今年は静かになるかと思ったのに、チョコだけでももらってくれっていうやつが多いんだよな。渚じゃないが、何が入っているか分からないチョコなんて、誰が食うかっての」

「媚薬とか、爪とか髪の毛とか？」

「そんなものならまだいいが、毒物だったら目も当てられないな」

「………」

「八尋も、知らないやつから物をもらっても食うんじゃないぞ。できれば、知っているやつからもだ。食うのは、こいつなら大丈夫っていう、本当に信頼したやつからのだけにしておけ」

「分かった。……というか、もともと知らない人から物なんてもらわないから。丁重にお断りしてるよ」

「それがいいな」

八尋は後ろ手にチョコレートの箱を隠したまま帝人のあとについて寝室に入り、着替えをしている間も手持ち無沙汰にウロウロする。

帝人が怪訝そうに見ているのに気づき、オズオズと箱を差し出した。

「ええっと…これ……」

すさまじい恥ずかしさに顔を真っ赤にしている八尋を、帝人は驚いた表情で見つめる。

「用意してたのか…お前のことだから、チョコなんて寄越さないと思ってたんだけどな」

「全然、そんなつもりなかったんだけど、宮内さんに言われて……。考えてみたら帝人、イベント事好きだしね」

「あー…まぁな。せっかくだから、楽しむほうが得じゃないか？　それでなくても寮生活なんて送ってると、刺激が少ないからな」

そう言いながら帝人はチョコレートごと八尋を抱え上げ、ベッドに移動する。八尋を膝に乗せたまま、ガサガサと包装を解いた。

「チョコレートに、ナッツとかベリーとか乗ってるやつ。フルーツはドライだけど、美味しそうだったから」

箱の中には黒と白のチョコレートが並んでいる。綺麗な円形のチョコレートの上に、ナッツなどが少しずつ載っていた。

帝人はそれを一つ摘み、口の中に放り込む。

「ん、旨いな。八尋も食ってみな」

「うん」

目の前に差し出されたチョコレートを、八尋はパクリと口に咥えた。

舌の上でチョコレートが溶け、ナッツやドライフルーツがチョコレートと交じり合う。味だけでなく食感的にもアクセントになり、華やかで楽しい感じだ。チョコレートが二種類あるのを選んだのも、そのほうが飽きなくて良さそうかと思ったのである。

「あ、美味しい」

「そっちのも食べたい」

「ほら」

「んー、美味しい」

さすがに選び抜かれた有名店のチョコレートだけある。値段もかなりなものだったが、今の時期だけの限定品だから仕方ないのかもしれない。

「……ところで、ボクがチョコを渡さなかったらどうしてた?」

「そのときは俺がお前にやって、ホワイトデーにお返しをせしめるつもりだった。ネットで見つけたんだけどな、恐ろしく精巧な猫耳のついたカチューシャと、バイブつき猫シッポのセットがあって……」

「な、何を言い出す⁉」

ギョッとして目を見開く八尋に、帝人は楽しそうに説明を続ける。

「似合いそうだろう？　黒猫と白猫と茶トラがあるんだが、ラビットファーでできてるらしい。八尋はどれがいい？　黒は絶対だよな。八尋の黒髪と瞳にバッチリ合う。しかし、茶トラも捨てがたい……両方とも買うか」

「いやいやいやいやいやいや、ありえないから」

「大丈夫。心配しなくても、八尋なら似合う」

「誰が、そんな心配するかっ。ボクは猫耳とか……シッポのバイブとか、ありえないって言ってるんだよ。帝人はいつから変態趣味になったんだ？」

「バカだな。これは、恋人同士のちょっとしたお遊び、スパイスっていうやつだ」

「お遊び、いらないから。スパイスも必要ない。大体、前から言おうと思ってたんだけど、帝人のコスプレ趣味は、ものすごーく嫌だ」

「ウソつけ。それなりに楽しんでるくせに」

「た、楽しんでませんっ。変なこと言うな！」

八尋が動揺したのは、嫌なだけではない過去の自分がいたからだ。ミニサンタも振袖もものすごく嫌だったが、帝人が楽しそうだったので雰囲気に乗せられた記憶がある。

このままでは猫耳…だけならまだしも、猫シッポまでつけられてしまう。しかも、帝人に言わせればバイブつきのリアルなファー製だ。

そんなのは絶対に嫌だと、八尋は顔を引きつらせてプルプルと首を横に振る。

「ちゃんと、チョコあげたからっ！」

「分かってるって。ホワイトデーを楽しみにしてろ」

「お…お返しとか、いらないし」

「遠慮するな」

「いや、遠慮じゃないから。なんとなく…確実に、絶対、帝人のお返しは迷惑な可能性が九十パーセント以上あるような気がする」

「それは気のせいだな」

「勘はいいほうなんだ」

「今回に限っては間違いだ。第一、まだ何ももらってないだろうが。ホワイトデーには八尋が大喜びするものをプレゼントするから、楽しみにしてろよ」

「は、張り切らなくていいから。っていうか、張り切るなっ！」

「八尋は本当に欲がないな」

「平穏が一番だから。変に豪華なものもいらないし、マニアックなのもいらない。もう、できれば本当に、気持ちだけで」

「そんなんじゃ、俺がつまらないだろうが」

「お願いだから、張り切るなってば」

八尋の声はほとんど悲鳴のようになっている。

このままでは、猫耳と猫シッポの可能性、九十九・九パーセント。もし残りの〇・一パーセントのものだったとしても、八尋は喜べるとは到底思えなかった。

顔色を悪くして嫌がる八尋をクスクスと笑い、帝人は抱き寄せる。そしてチュッチュッとキスしながら言う。

「そんなに怯えるな。八尋が本気で嫌がるようなことはしないから」

「………」

微妙な言い回しに、八尋の表情が複雑なものになる。確かにミニサンタも振袖も厳密に言えば本気で嫌がってはいなかったのだろうが、嬉しくはなかったのである。そんな格好をせずに普通にクリスマスや正月を過ごしたほうが良かった。

猫耳や猫シッポを本気で嫌だと思っている八尋だが、その本気はどこまでを範疇とするのだろうかと考え込んでしまう。帝人はすっかり八尋の扱いに慣れてきているので、雰囲気と勢いに押されてまたなぁなぁになりそうな気がした。

（い、いやっ！　でも、猫耳と猫シッポは……！　しかも…バイブつき……）

それはさすがに何かの境界を越える気がしてまずいだろうと、八尋の眉間の皺がどんどん深くなっていく。

八尋が自分の考えに囚われているうちに、いつの間にかカーディガンが脱がされ、シャツのボタンが外されていた。

「帝人？　何やってる」

「バレンタインセックス。夕食まで暇だし、時間は有効に使わないとな」

「もっと有効な使い方があるだろっ」

「たとえば、どんなだ？」

「……勉強とか？」

「却下」

「読書っ！」

「あとで、好きなだけ読め」

「ＤＶＤ！　ＤＶＤ見ないと。撮り溜めて、全然見てないやつあるから」

「あとだ、あと」

そんな言い合いをしている間にも、八尋の服は乱されていく。今やシャツの前は全開で、ジーンズを引き摺り下ろされているところだった。

「うーっ」

おまけにさりげなく、だが的確に八尋の感じるところばかりをやんわりと撫でられていたから、心ではなく体がその気になりかけている。

「………」

まったく、ずるいんだから…と思いながらふと俯けば、自分の体が視界に入る。

帝人が痕をつけたがるから、八尋の肌からキスマークが消えることはない。いつも赤い痣が体中に散っていて、体育のときなどは着替えに困るほどだ。

特に顔を晒している今は、着替えのときにねっとりとした視線を感じるからきつい。何度もそんな視線を感じてからは、八尋は生徒会室で着替えるようになった。

「帝人…あんまり、キスマークつけるなってば」

「つい、な。思わず吸いつきたくなる、この肌が悪い」

そんなことを言いながらヘソのあたりを強く吸われ、八尋は小さく声を漏らす。

「あ……」

途端にじんわりと熱が生じ、八尋はモジモジしながら帝人がズボンと下着を脱がすのに協力してしまった。

昼間から…と思わないでもないが、一度火がついてしまったら昼も夜もない。特に帝人などは朝から盛ることもあるので、恋人同士とはそういうものだと教え込まれていた。

何しろ八尋は、その手の知識があまりないのだ。女友達は皆無だし、アメリカでできた数少ない友人たちも八尋にはそういう話を聞かせないようにしていた。だから八尋の知識といえばそのほとんどが本から得たもので、恋愛小説にあまり興味がないことからやはり極めて偏っているといっていい。

帝人はそんな八尋の知識のなさに付け込み、いろいろと自分に都合の良いことを吹き込んでいるのだった。

シャツすらも脱がされて一糸まとわぬ姿にされた八尋は、自分だけでは恥ずかしいので、「帝人も……」と言って服に手をかける。

おぼつかない手つきでボタンを外し、ズボンのファスナーを下ろす八尋を、帝人は楽しそうに眺めていた。

八尋はようやくのことで服を脱がせ、キュッと抱きついて吐息を漏らす。下肢をこすりつけると互いに反応を示し、帝人の手が尻へと回される。

丸みを確かめるようにして揉み、奥で息づく蕾に触れ、空いたほうの手でベッドサイドの引き出しを探ってジェルを取り出した。

「んんっ……」

冷たい液体を入口に感じた八尋が、ビクリと竦み上がる。ジェルに濡れた指がヌルリと入ってくると、ビクビクと体が震えた。

中から快感の元を刺激され、帝人のものに自身を押しつけている腰が動く。淫らに揺れ、直接的な刺激を求めていた。

しかし帝人の指は中をほぐし続け、もう片方はユルユルとした愛撫をする。肩や背中、腰など、どこもゾクゾクして気持ちがいいが、決定的な刺激とはなりえない。そんな行為を、飽きることなく続けるのである。

今や八尋の中心は帝人の愛撫に切なく震え、射精を待ち構えている。

「あ、あっ……も、達きたい……」

前を強く扱くか、吸われるか……。それとも、後ろに大きなものを頬張り、奥深く突かれるのでもいい。

なんでもいいから、八尋は達きたくて達きたくて仕方なかった。

「帝人ぉ……」

舌足らずな甘えた口調で名前を呼び、熱くなった下肢をすり合わせる。優しいモードのときの帝人は、これで射精させてくれるはずだ。

しかしあいにくこの日の帝人は意地悪モードだったようで、八尋が何を求めているか分かっていながらわざわざ聞いてくる。

「手と口と、どっちがいい？」

「あ……」

恥ずかしい質問に、八尋は視線を逸らして返答に困る。

「言わないと、このままだぞ」

こういうときの帝人は八尋のためらいを楽しむだけと知っているので、八尋は顔を真っ赤にしながら言う。

「やぁ…ん、あ…く、口……」

「うん？　なんだって？」

「……」

絶対に聞こえていたはずなのに、わざと聞き返すあたり本当に意地が悪い。

八尋は唇を噛み締め、恨めしそうに睨みつけた。

「そんな涙目で睨んだって、そそられるだけだ。可愛がるより、苛めたくなってもいいのか？

本当に分かってないやつだな」

「分かりたくない……」

「ついでに言うと、そういう強気なところも苛めて泣かせたくなるんだよな。俺はそっちの趣味はないつもりだが、お前を見てるとムズムズする」

「帝人は立派に、サドっけあると思う……」

本物のサドではないのが幸運だった。もっとも、ムチで八尋を痛めつけるのが快感などと言われたら、八尋は後先考えず脱兎のごとく逃げ出しただろう。

「それで？　どっちがいいって？」

「……」

ここで怒りのあまり体が静まってくれれば必要ないと言うことができたのだが、相変わらず八尋のペニスは元気なままだ。しかも一人でこっそり処理するようなことは帝人が絶対に許さないし、下手をしたら見ている前で自慰などという羞恥プレイを強いられる。

この三ヵ月余りの間に経験してきたから、帝人が何を言い出すか大体想像がつく。そしてそれは、大抵八尋には歓迎できないことばかりだった。

眉間に皺を寄せてうーうーと八尋が唸っていると、いかにも楽しそうな帝人の声が早く答えろと促す。

「八尋？」

「口っ！　口希望っ！」

キレて怒鳴る八尋に、帝人はクックッと肩を震わせる。

「えらく色気のない言い方だが、まぁ、いいだろう。口を希望な」

「うーっ」

「それじゃ、リクエストにお応えして……」

笑いながらクルリと体勢を変えた帝人は、八尋の中心を口に咥えた。そして舐めるでもなく、いきなり強く吸いつく。

「ひ…あっ、あ、あぁ——……」

心の準備もないまま一気に射精まで持っていかれ、八尋は快感というよりは衝撃にグッタリと全身から力が抜けていった。

「――――」

はぁはぁと荒い呼吸を繰り返しながら、熱がまだ冷めていないのを感じる。この三ヵ月の間にすっかり後ろで達くことを覚えさせられた八尋の体は、もう前への刺激で射精するだけでは満足できなくなっている。先ほどからずっと帝人にいじられていた秘孔が、熱くて熱くてたまらなかった。

この熱を冷ますには、帝人に協力してもらうしかない。太くて逞しい怒張で中をこすられ、指なんかじゃ届かない奥を突いてもらいたかった。

「帝人ぉ……これ…欲しい……」

八尋はそう言って、指を帝人の高ぶったものへと伸ばす。みっしりと充実したそれが、今の八尋にはこのうえなく魅力的だった。

「すっかりいやらしくなったな」

「誰…のせいで……」

「俺のせいじゃなければ、そいつをブッ殺すぞ」

「……バカ」

「言っておくけどな、冗談じゃないぞ？　家ごと、根こそぎ潰してやる。お前の前に、二度と現れないようにな」

「……」

目をギラつかせ、物騒な笑みを浮かべたその顔が、ウソではないと語っている。

八尋は自分のためにこんなふうに余裕をなくす帝人が好きで、怖いと思いつつも嬉しくなってしまう。

「女は嫌いだけど…男だって好きなわけじゃないんだから、他の誰かとこんなことをするわけがない」

「俺だからか？」

「……そうだよ」

「なら、いい」

帝人は笑って、ベッドの上に横になった。

「八尋、上に乗れ。バレンタインなんだから、サービスしろよ」

「んー……」

騎乗位は初めてではない。帝人は八尋の顔を見ながらするのが好きなようで、後ろからするほうが珍しいほどだ。最初はいつもと違う角度で、しかも自分の体重のせいでより深くまで抉られるのが怖かったが、今ではそれも快感のひとつとなっている。

「どうせなら、入っていくところが見たいな。今日は、後ろ向きでな」

「……」

珍しいことを言うものだと戸惑い、さすがに恥ずかしいとも思う。言われなければ変に意識しなくてすむのだが、聞いてしまうとその場面を想像してしまって猛烈に恥ずかしかった。

「ほら、八尋。バレンタインだろ」

そう促され、八尋は帝人に背中を向けて腰の上に乗る。そしてすっかり高ぶっている帝人のものを掴み、位置を合わせてゆっくりと腰を下ろしていった。

「んっ、う……」

自分で入れるとなると、どうしても圧迫感に怯んで止まりがちになる。最後まで呑み込むには、少々時間がかかった。

「は…ぁ……」

大きく息を吐き出す八尋の様子を、帝人は観察している。

細い腰の下に続く、まろやかな尻。奥に息づく蕾はやわらかくとろけ、巨大な帝人のものを根元まで受け入れている。

「絶景、絶景」

「バカ」

何も知らない体は柔軟で、帝人の教えることを素直に吸収していった。尻で受け入れるのはおかしいことじゃないと教えれば、こうして帝人を包み込み、キュウキュウと絞り上げてくる。

「しかし…やっぱり、八尋の顔が見えないのは嬉しくないな。……八尋、こっちを向けよ」

「んー……」

「ほら、こっちを向けって」

生返事をした八尋に、帝人は下から激しい突き上げを食らわす。

「あんっ！」

ずっと我慢させられていただけに、強烈な刺激となって背中を駆け抜ける。思わず腰を動かしてさらなる快感を得ようとするが、それは帝人によって押さえられた。

「こっち向けって。でないと、俺は動かないからな」

「……」

ガッチリと押さえつけた手に、八尋は腰を動かすのを諦める。

「入れたままだ。ゆっくり……」

「ううっ……」

言われたとおり動いてみるが、内臓が引っ張られる気がして怖い。しかし恐る恐る腰を回す間も、八尋のペニスが萎えることはなかった。

これだから帝人も大丈夫だと判断し、どんどんエスカレートしていくのである。いくら口で嫌だと言っても、体はそう言っていないのだから立場が弱い。

騙し騙しなんとか正面まで体を持ってきたときには、八尋の熱はいっそう高まっていた。内部がおかしな刺激を受け、淫らに蠢いていた。

瞳を潤ませ、全身を紅潮させる八尋に帝人が満足そうに頷く。

「やっぱり、こうじゃないとな。お前、えらく色っぽいぞ」

言いながら腰を上下させ始める動きに合わせ、八尋も腰を動かす。白い腰をしきりにくねらせ、貪欲に快感を貪っていた。

我慢できずに自身のペニスに手を伸ばせば、帝人がご褒美とばかりにひときわ大きな突き上げを食らわす。

「あ、ふっ…あ、あっ」

八尋はひっきりなしに声を上げながらペニスを扱き、手の動きも腰の動きもどんどんそのスピードを速めていく。

「あぁ——っ!」

最奥に帝人の欲望を叩きつけられるのと同時に、八尋自身も吐き出した。

「——」

射精を果たしたはずなのに、帝人の動きは止まらない。たっぷりと八尋の中に精液を注ぎ、そのまま腰を動かしながら上体を起こして八尋を押し倒した。

「やっ…待って……まだ……」

八尋の抗議の声は聞き入れられず、夕食の時間になっても貪られ続けるのだった。

バレンタインデーから、一ヵ月。

迷いに迷い抜いたという帝人が選んだお返しは、黒い猫耳カチューシャと、シッポバイブ。茶トラの可愛らしさも捨てがたかったが、八尋の黒い髪と瞳には黒猫が一番似合うという結論に達したそうだ。とはいえ茶トラも欲しければすぐに取り寄せるから安心しろなどと言われ、八尋はこれまでに例がないほど頭に血が上るのを感じた。

まさしく、カーッという感覚だ。

「こ…婚約解消だ―――っ!!」

ものすごい叫び声ではあるが、幸いにしてここはお坊ちゃま校。各部屋の壁は厚く、八尋の絶叫が近くの部屋の迷惑になることはなかった。

あとがき

こんにちは～。このたびは「婚約者は俺様生徒会長⁉」をお手に取ってくださいまして、どうもありがとうございました。

婚約者とか、結婚とか、赤ちゃん誕生とか大好きです。基本、イロモノ好きですから。開き直ってから長いですから（笑）

それでもって今回は、王道が書きたいな～とか思ったのですよ。そして自分自身に王道ってなんだろうと問いかけて、出てきたのが「全寮制・変装・生徒会長」なのでした。中学、高校の多感な時期を男ばっかりの閉ざされた空間で過ごすのって大変だろうなぁ…と同情しつつ、腐女子としては萌え～なのですよ♪　自分ではまったく手の届かない世界なだけに、妄想が膨らむというもので。全寮制と聞くだけでなんとなく嬉しくなるのは、だからなのでしょうか。楽しいな～、全寮制。

イラストを描いてくださった明神翼さん、どうもありがとうございます！　八尋は可愛いいし、帝人は格好いいし。ラフを見て、ものすごく喜んだ私♪　表紙も扉絵も素敵で、カラーで見るのが楽しみです。

なんといっても楽しみなのは…メイド服ですよ、メイド服。明神さんのイラストで、八尋のメイド服～♡　半袖と長袖のデザインを見せてもらい、悶絶しながら半袖のほうを選びました。半袖はエロ可愛いで、長袖は上品可愛いなのですよ。ああ～…できることなら、両方とも見たかった……。エロいのもいいですが、襟の詰まった清楚なドレスを乱すのも素晴らしいではないですか。私、思いっきり鼻息荒くなりましたよ。完成したイラストを見るのが小説の一番の楽しみなのですが、今回ほど待ち遠しいのはないかも。ものすっごく期待して、発売日をお待ちしております♡

ただいま、南の島に行きたい熱が再燃しつつあります。メキシコにホエールウオッチングしに行こうと思っていたら、定員が集まらずダメだったのがどうやらかなり心残りらしいです。やっぱりメキシコは、遺跡が人気なんでしょうか？　ホエールウオッチングならマウイでもいいんですけど、メキシコのほうがより接近してクジラを見られそうだったので。それに私、マウイには二回行ってるし。メキシコ料理好きだし（笑）　冷えたコロナビールにタコス、サルサソース…ああ～食べたい。仕方ないから、とりあえず日本のメキシコ料理屋にでも行ってきます（泣）

暑くなってくると、猫たちはものすごく伸びてます。特にメインクーンのななは立派な毛皮が仇となり、かなり大変そう。それでもどうしても甘えたいらしく、三十分くらいピッタリくっついてきます。限界が来るとヨロヨロしながら離れ、少し距離を置いてパタリと眠りに就くのです。そんなんなので、冬はもういつでも一緒。甘えん坊の猫を飼ってみたいという方に、メインクーンの男の子がお勧めです。

それでは、相変わらず呑気なペースでお仕事をさせていただいてますが、また本屋さんで見られましたら、よろしくお願いします。

若月京子

http://blogsdionnejp/kyokowakatsuki/

こんにちは。 明神翼です☆
「婚約者は〜!?」とても楽しくイラスト描かせていただきました♡
久しぶりの学園モノ♥ で、嬉しかったです〜♪
メイドコスも可愛いタイプのとシックなのと、2パターン衣装ラフを
描いて選んでもらったのが挿絵のやつであります☆ 可愛い方♡
若月先生、とても楽しかったです♡ ありがとうございました〜
やっぱり学園モノはイイですね〜 制服大好き♥♥
でも、久しぶりにベタな乙女チックな表紙を描いて、ちょっと動揺
している私…… スミマセン

みょうじんつばさ☆

私にとって、この世で
今のキミより大切なものはない——

平凡な大学生・榊原連太郎の恋人はハンサムで優秀な歯科医の村瀬一明。だが、その本性は他人の苦悶の表情を見るのが無上の喜びという、とんでもないサドのケダモノ！　しかも香港マフィア「龍牙」の後継者にして黒社会のプリンスと謳われる男だった。一明の強引かつ巧妙な話術に翻弄される連太郎は香港へ行くはめに!?　書き下ろしをプラスしてシリーズ全10巻が連続リリース！

ダリア文庫をお買い上げいただきましてありがとうございます。
この本を読んでのご意見・ご感想・ファンレターをお待ちしております。

〈あて先〉
〒173-0021　東京都板橋区弥生町78-3
(株)フロンティアワークス　ダリア編集部
感想係、または「若月京子先生」「明神 翼先生」係

※初出一覧※

婚約者は俺様生徒会長!?……………書き下ろし
初めてのバレンタイン……………書き下ろし

婚約者は俺様生徒会長!?

2008年8月20日　第一刷発行
2009年9月20日　第三刷発行

著者　若月京子

発行者　藤井春彦

発行所　株式会社フロンティアワークス
〒173-0021　東京都板橋区弥生町78-3
営業　TEL 03-3972-0346　FAX 03-3972-0344
編集　TEL 03-3972-1445

印刷所　株式会社粂川印刷